Diários de Mulheres

Diários de Mulheres

33 relatos privados

sobre amor, sexo e traição

Beatriz Vasconcelos Gama

Edição e revisão: Amanda Bruno de Mello
Capa: martinscardoso®
Projeto gráfico: Haley Caldas
Diagramação: Jaison Jadson Franklin
Coordenação editorial: Lucas Maroca de Castro

Dados Internacionais de Catalogação na Publicação (CIP) de acordo com ISBD

G184d Gama, Beatriz

Diário de Mulheres / Beatriz Gama. - Belo Horizonte, MG : Crivo Editorial, 2020.

312 p. ; 14cm x 21cm.

ISBN: 978-65-991776-8-2

1. Literatura brasileira. 2. Diários. I. Título.

2020-2267 CDD 869.8992
CDU 821.134.3(81)

Elaborado por Vagner Rodolfo da Silva - CRB-8/9410

Índice para catálogo sistemático:
1. Literatura brasileira 869.8992
2. Literatura brasileira 821.134.3(81)

Crivo Editorial

Rua Fernandes Tourinho, 602, sala 502
30.112-000 - Funcionários - Belo Horizonte - MG

www.crivoeditorial.com.br
contato@crivoeditorial.com.br
facebook.com/crivoeditorial
instagram.com/crivoeditorial
crivo-editorial.lojaintegrada.com.br

Sumário

AGRADECIMENTOS

Aos meus queridos pais, pelo amor e credibilidade
Aos meus amáveis filhos, pela existência
e compreensão
A todas e todos que contribuíram na realização do livro
Ao querido amigo Cristiano Starling,
pela generosidade
Ao editor e à equipe, pela competência.

Ao meu admirável e maior incentivador amigo, Pedro
Muriel, meu maior agradecimento
Aos queridos designers gráficos irmãos Martins
Cardoso pela potente criação e solidariedade, em
especial ao Leonardo, pela disponibilidade.

Dedico estes relatos ao feminino que existe em cada leitora e em cada leitor

Prefácio

Cristiano Starling Erse

Um brinde às mulheres de Beatriz! Cheers! Prost! Cin Cin! Kanpai! Salud! Santé! Um salve em todas as línguas e cores.

As mulheres de Beatriz nos ajudam a viver melhor, porque para viver melhor é preciso compreender as coisas como elas são e não como culturalmente deveriam ser. E, saibam, elas são.

São plenas, felizes ou tristes, amorosas ou angustiadas, lúcidas ou loucas, encantadas ou desiludidas, coerentes ou contraditórias, recatadas ou expansivas, atiradas ou medrosas, reprimidas ou livres. Às vezes, tudo isso misturado.

As mulheres de Beatriz merecem ser aplaudidas por sua coragem, potência e valentia. Merecem também abraços. Elas são dignas do nosso respeito e da nossa admiração. Porque elas já estavam nos nossos corações antes mesmo de as conhecermos por dentro. Representadas por uma espécie de análise combinatória dessas 32 mulheres construídas em diálogos consigo mesmas, há outras, não nomeadas pela autora, mas presentes na nossa vida.

A leitura deste texto nos remete a uma experiência peculiar, algo sempre desejado pelos leitores pós-modernos. Causa inquietude e estimula reflexões sinceras, profundas, necessárias. Surpreende pela maturidade das provocações. Atrai pela multiplicidade de formas. Prende pela variedade de temas. Cumpre, também, seu papel de entreter. Enfim, um menu de degustação completo.

Enquanto escrevo esse prefácio nada convencional, toca, por coincidência ou sorte, em minha *playlist* no Spotify, uma outra Beatriz, que não é a autora, de um certo Chico. A canção traz uma mulher complexa e poderia ser, perfeitamente, a trilha sonora deste livro incrível. São misteriosos os caminhos da arte, não é?

Beatriz (chico buarque)

Olha
Será que ela é moça
Será que ela é triste
Será que é o contrário
Será que é pintura
O rosto da atriz

Se ela dança no sétimo céu
Se ela acredita que é outro país
E se ela só decora o seu papel
E se eu pudesse entrar na sua vida

Olha
Será que é de louça
Será que é de éter
Será que é loucura
Será que é cenário
A casa da atriz
Se ela mora num arranha-céu
E se as paredes são feitas de giz
E se ela chora num quarto de hotel
E se eu pudesse entrar na sua vida

Sim, me leva pra sempre, Beatriz
Me ensina a não andar com os pés no chão
Para sempre é sempre por um triz
Ai, diz quantos desastres tem na minha mão
Diz se é perigoso a gente ser feliz

Olha
Será que é uma estrela
Será que é mentira

Será que é comédia
Será que é divina
A vida da atriz
Se ela um dia despencar do céu
E se os pagantes exigirem bis
E se o arcanjo passar o chapéu
E se eu pudesse entrar na sua vida

Ótima leitura!

APRESENTAÇÃO

O que você sente quando está diante de segredos? Daquilo que se revela pelo buraco da fechadura ou pela porta entreaberta? Do que está escondido dos olhos ou do coração? O que o universo feminino tem de tão misterioso? Quantas variáveis podem ser encontradas no amor, no sexo e na família?

E se você pudesse acessar o diário de 32 mulheres? Se pudesse vê-las sem filtros e sem amarras, destrinchadas e detalhadas por suas próprias palavras e linguagens?

É isso o que proponho aqui.

O velado e o enigma sempre instigaram a espécie humana e, com você, não deve ser diferente. Você poderá mergulhar nas diversas subjetividades femininas presentes nas próximas páginas e descobrir o que normalmente não se descobre.

Talvez você descubra até coisas sobre si mesmo. Afinal, observar o outro é quase sempre um ótimo exercício de autoconhecimento.

Mas, antes de adentrarmos esses relatos, vale uma breve reflexão.

Simone de Beauvoir, com enorme felicidade, traduziu o feminino ao afirmar que "não se nasce mulher: torna-se mulher". Essa construção deriva de saberes, mitos, verdades e mentiras que são trazidos, ao longo da vida, principalmente por outras mulheres (avós, mães, tias, primas, professoras, amigas etc. e tal). Uma infinidade de dizeres e formas de fazer das quais nos servimos em nossa constituição.

Enquanto não amadurecemos, precisamos consultá-las quase que o tempo todo! Recorremos àquelas que nos salvam, às que nos acolhem, às que nos libertam e às que nos fazem tomar decisões diante das mais diversas situações. Suas e outras histórias são transmitidas e, em grande parte, nos ajudam a entender o que é ser mulher.

Essas narrativas vêm carregadas de uma carga emocional variada, positiva ou negativa, nos colocando diante de ambiguidades e contradições, nos causando frequentes confusões. Algumas delas são saudáveis, outras são tóxicas. Traços, expressões, marcas, dizeres, buracos e vãos se acomodam, assim e aos poucos, em nós.

Ser mulher parece isto: estar no meio da diversidade das formas de pensar, de agir, da multiplicidade cultural somada aos jeitos, gostos, toques, olhares, cheiros, crenças. É se adaptar ao bem e ao mal, à dor e ao prazer, como uma camaleoa à paisagem.

Respeitar a chama que nos faz vivas. Honrar a vida – por tudo o que se constrói e não pelo que se desconstrói ou por aquilo que destrói – é o trajeto que as mulheres precisam percorrer por si mesmas. Em outras palavras, buscar a saída do beco (aparentemente) sem saída: eis a missão.

Voltemos ao livro.

As trinta e duas mulheres únicas que você conhecerá neste livro surpreendem em suas formas de ser: doces ou salgadas; ácidas ou cítricas; escorregadias ou enfrentadoras; líquidas ou sólidas. Suas histórias, laços e nós, dores, prazeres, fantasias, encantos e desencantos irão compor uma trama com muitas versões e interpretações.

E de onde elas vêm?

Elas nasceram a partir de escutas e experiências. A realidade e o imaginário são suas fontes. Muitas delas estão por aí (nas esquinas, nas casas, ao seu lado, em outro continente, na minha e na sua mente). O que há de diferente é, todavia, o seu ponto de vista, a vista do seu ponto ou as suas interpretações.

Os relatos explicitam a maneira como elas se encontraram ou se afastam de si mesmas. O caminho de umas é mais tortuoso que o de outras. Todas com suas peculiaridades, marcas, crenças e visões. É de desconstrução, construção e reconstrução que as histórias são feitas. Vidas que valem a pena serem vividas ou lidas ou percebidas ou analisadas ou... ou... ou...

Enfim, é chegada a hora de me despedir de você, meu caro leitor. Vou deixar que elas ocupem o devido espaço nessa relação.

Com carinho,

Beatriz Vasconcelos Gama

ISADORA
39 anos

05/01/2017

Estava no shopping hoje, no final da tarde. Pensava nele o tempo todo. Naquele momento ainda mais: estava sozinha, fora de casa, sem ninguém que pudesse escutar o silêncio dos meus pensamentos, que podiam a qualquer momento "dar bandeira".

Ele é o marido de outra mulher, não qualquer outra mulher, mas uma grande conhecida. Ele é também o melhor amigo do meu marido. Foram padrinhos do nosso casamento. Viajamos muitas vezes, os quatro. Casamos quase na mesma época. Temos mais ou menos cinco anos de casados. Chegamos os quatro do Chile, onde fomos passar o réveillon. Mas eles tiveram que voltar uns dias antes de nós.

Está difícil me controlar...

Ele é extremamente atraente e gostoso. Moreno jambo, olhos azuis e muito forte. Bebe encostando sua língua na taça de uma forma única. Ele passa a língua pela boca, logo em seguida, essa parte vermelha, macia e sedutora fica por segundos passando de um lado para o outro em seu lábio superior. Como se não bastasse, morde delicadamente seus lábios cor de framboesa e carnudos. Parece sempre beber algo aveludado e sedutor, deixando sua boca doce e brilhante como mel. Salta aos meus olhos aquela boca, ai... Queeee boooca!

A sensação ao ver isso tudo é a de estar num paraíso!

A cor azul de seus olhos me lembra do tesão que sinto ao imaginar a água quente do mar batendo nas minhas pernas. O olhar dele me penetra, rasga minha roupa: me sinto nua. O sussurro dele, hum... Aquele sussurro, que vem com o calor da sua voz, ao cumprimentar quando chega e quando vai embora, me desmorona, já deixando saudade.

O cheiro cítrico dele, misturado com ervas exóticas, dá vontade de comer. O toque, às vezes necessário, pedindo licença ou por qualquer outro motivo, vem como plumas passando suavemente pela minha pele, arrepiada de sensações múltiplas maravilhosamente deliciosas.

O problema é que, em sua presença, tudo é irrelevante para mim, exceto ele. Preciso disfarçar, pois eles não podem notar. O fogo é enlouquecedor, preciso ir ao banheiro lavar meu rosto para que a cachoeira entre as minhas pernas não transborde... Isso é irresistivelmente incontrolável!

Ela é uma mulher mais nova do que eu, morena como eu, de olhos castanhos, magra e bem alta. Fútil, vazia, sem cor, pimenta ou cheiro.

Para quem gosta de mulheres musculosas, é gostosa. Vive maquiada, produzida. Ela tem o dinheiro dele para usar como e com o que quiser. Adora marcas, objetos de grife e, acima de tudo, adora fazer com que todos os homens olhem para ela. Ela se acha a poderosa. Não sei o que ele vê nela. É uma pessoa enjoativa.

Eu prefiro gastar o dinheiro que ganho com muito suor na editora em que trabalho comprando livros e me divertindo culturalmente. Sempre fui uma traça de livros!

Não consigo gastar com futilidades para ficar mais bela e sedutora. Sempre acreditei que isso vem de dentro; não de cílios postiços, rímel, base ou batom da melhor marca de maquiagem que existe, nem de botox, preenchimento, nada dessa coisarada que existe hoje em dia.

Meu marido baba nela. Tenho certeza que ele sonha frequentemente com ela. Por vezes, ele acorda suado, excitado, pronunciando Poli (a única palavra que entendo do monte de coisas que fala dormindo). Estas são as iniciais do nome dela.

Mas estamos quites: ele sonha com a Poliana e eu com Javier. A pronúncia é *Ravier*. Nome forte, que nos impõe arranhar a garganta para pronunciar. Falar seu nome é como deixar sair pela minha boca tudo de mais prazeroso e gostoso que eu posso trazer de dentro de mim. (Estou agora com água na boca!)

A minha atração por ele começou numa viagem para o Sul do Brasil. Naquele dia percebi como ele era sedutor, ou melhor, apetitoso.

Uma vez, deu uma golada no uísque olhando fixamente para mim, passando a língua daquele jeito que todas conhecemos. Eu lia no seu olhar e nos seus lábios: "vem cá, te quero!".

Volto já! Vou fazer minha corrida diária, escutando no meu fone uma música da Vanessa da Matta, que tem sido minha preferida pra correr. Ela diz:

> Desse jeito vão saber de nós dois
> Dessa nossa vida
> E será uma maldade veloz
> Malignas línguas
> Nossos corpos não conseguem ter paz

> Em uma distância
> Nossos olhos são dengosos demais
> Que não se consolam, clamam fugazes
> Olhos que se entregam
> Ilegais
> Eu só sei que eu quero você
> Pertinho de mim
> Eu quero você dentro de mim
> Eu quero você em cima de mim
> Eu quero você

Pra ver se esfria esse meu corpo *caliente*, ouço na sequência:

> Se você quiser eu largo tudo, vou pro mundo
> Com você meu bem [...]
> Do que a gente precisa
> Tomar um banho de chuva
> Um banho de chuva

Essa música me traz para o meu equilíbrio homeostático. Minha mãe gosta de usar esta expressão, *caliente* (ela é descendente de espanhol). Lembrei-me dela agora, que saudade! Ela está morando em outro país.

O que minha mãe diria disso? Ela diria: "você é louca".

Mal sabe ela o tanto que é bom viver isso. Ou será que ela também já viveu?

Toda mulher devia fazer uma loucura nesta na vida, pelo menos uma vez.

20/01/17

Tenho coisa demais pra falar! Muita coisa aconteceu nessa viagem. Até hoje estou atordoada.

Pedro chegou hoje para almoçar e disse que Javier já marcou um jantar na casa dele no fim de semana, daqui a quatro dias. Hoje ainda é terça.

Há três semanas não nos encontramos. Javier viajou para fazer um curso de *marketing* em São Paulo. Não vejo a hora de olhar pra ele. Sinto saudade de sentir a sensação que só sinto quando ele está perto: é única, nunca senti nada igual. Minha cabeça fantasia coisas inimagináveis... Me sinto feliz.

Ele me traz alegria, uma sensação de leveza e paz. O *frisson* é incontrolável.

Fico pensando em como é quando ele chega em casa de uma viagem. Deve tomar um banho de espuma naquela banheira da qual eu sinto inveja, colocar uma camisa de malha branca e ficar de cueca (é assim que ele já falou com a gente que gosta de ficar: de camisa de malha e cueca).

Queria ser sua camisa ou sua cueca, para estar o tempo todo em contato com ele.

Sou doida, né!?

Mas é isso mesmo que penso. Me sinto viva assim!

Pensei em chegar mais cedo no jantar, pra pegá-lo assim, desse jeito que deve ser muito gostoso de ver, com um cheiro excitante, de sais de banho cítricos, que sei que ele gosta.

Daria muito bem pra fazer isso! De repente, Poliana nos chama pra ir lá. Pedro nem fica sabendo do horário marcado. Hum... Na verdade, não daria, pois o porteiro do condomínio onde moram avisaria. Mas... Posso fazer isso numa viagem. Ótima ideia!

Vivo lembrando dos lances vividos juntos...

No dia em que chegamos no Chile (acabei de me lembrar disso), me aprontei mais rápido que Pedro e estava a fim de descer para o hall. Passamos a tarde descansando no quarto, tínhamos acordado cedo demais para a viagem, o voo tinha sido às 5h da manhã. Fomos todos juntos. Estávamos os quatro cansados. Mas chegou uma hora em que já não conseguia ficar mais naquele quarto. Queria ar puro! Ar condicionado, quando estou cansada, me enjoa!

Neste dia, desci e... quem estava lá? Javier, tomando seu uísque. Estava maravilhoso, excitante, cheiroso, delicioso como ele sabe ser. Ele me chamou logo que saí do elevador.

Estava também me sentindo linda. Usava um vestido de que gosto muito. Mas acredito que o que me fez sentir linda tenha sido o meu entusiasmo em saber que logo jantaríamos juntos. Sentei-me ao balcão do *scotch bar*, ao lado dele. Nossas pernas se tocaram quando me sentei e ele se desculpou gentilmente, fitando minhas pernas e o decote de meu vestido, ou pelo menos o que ele mostrava.

Sem constrangimentos, conversamos muito sobre a minha profissão. Contei a ele como tinha sido divertido ser diretora de arte numa agência de publicidade e propaganda. Esse tipo de conversa o atrai muito, tem a ver com a sua profissão. Javier é dono de uma grande empresa de *marketing*. Ele, assim como eu, fez publicidade. Temos atividades de trabalho afins.

Depois que ele pediu a minha bebida preferida (claro que ele sabia qual é), brindamos e por lá ficamos por mais de 20 minutos.

Num determinado momento, Javier ligou para o quarto dele (estão hospedados ao lado do nosso) pra falar com Poli, pois estava com fome. Havíamos combinado de jantar fora do hotel naquela noite.

Poli não estava!

Pouco tempo depois, ela desceu. Logo em seguida, Pedro.

Pegamos um táxi e nele entramos do jeito que deu (foi corrido, com o dilúvio que caía). Pedro estava mais à frente, entrou no carro e ficou ao lado do motorista. Entrei e fui para o canto. Javier veio logo depois de mim. Por último, Poli. Então, Javier ficou no meio.

Foi cômico!

O carro era estreito e ficamos bem próximos um do outro. Poli parece ter ciúme de Javier... Eu via o quanto ela se sentia incomodada. Eu estava usando um vestido curto, estava bem queimada de sol, tinha acabado de voltar da praia. Javier fala sempre o quanto ele admira uma mulher de perna grossa (a minha é, a dela não). E eu ainda estava queimada, linda!!!

Até eu sinto atração pelas minhas pernas: modéstia à parte, são lindas. Sou convencida, né?! Às vezes rio de mim mesma quando me pego competindo com o espelho.

Nada! Só reconheço o que tenho de bonito em mim!

Ao sair do táxi, ela disse: "Nossa! Não via a hora de sair daquela lata de anchovas" (ela se mostra tão chique que não pode falar *sardinha*, pode? Só rindo!!!). E ainda questionou: "não entendi porque Javier veio no meio. Ele detesta ficar no meio. Sempre prefere a janela, no avião é a mesma coisa".

E ele respondeu: "com essa chuva, nem pensei nisso, Poli. Que bobagem! Você já ouviu aquele dito popular: *a ocasião faz o ladrão*? Então, às vezes as circunstâncias exigem de nós eficiência." Acho que Javier quis ser irônico quando percebeu a pontada de ciúmes da Poli.

No restaurante, conversamos sobre as diferenças de estilos de vida de hoje em dia em relação ao passado. Falamos sobre o fato de as mulheres estarem cada vez mais autônomas, já há algum tempo. O assunto surgiu quando comentei que, no dia anterior, tinha lido uma reportagem numa revista (que, por sinal, adoro). Comentei da reportagem porque Poli tinha acabado de ver suas mensagens no celular e falado de uma amiga – muito independente, a qual ela admirava muito – que tinha mandado mensagem.

Comentei que, na reportagem, a jornalista entrevistava uma mulher que tinha acabado de se desiludir do namorado, que era tudo para ela, e essa mulher contava que tinha vivido apenas para ele durante o tempo em que esteve com esse namorado (dois anos).

Um dia, após o término, encontrou as amigas num bar e uma delas disse a essa mulher: "Bem vinda ao nosso grupo". Ao dizer isso, a amiga fez com que a mulher caísse na real, fazendo com que ela mesma pensasse em como ela, uma mulher autônoma, independente em tudo, que escolhia e fazia o que entendia que era bom pra ela, tinha aberto mão de tudo do que gostava na sua vida. Sair com as amigas era uma dessas coisas e tinha se desligado de todas. Nesse encontro, uma dessas amigas lhe deu as boas-vindas, como disse, e foi aí que se sentiu mesmo *out*.

Logo depois de comentar isso, Javier disse o quanto é bacana ver Ingrid, sua secretária, na relação dela com o marido. Conta que ela faz tudo o que ela quer, não deixa de fazer o que gosta pelo marido, ele também. São felizes, Javier diz, porque exercem o que há de mais importante num casal, a liberdade.

Poli escutava a conversa e parecia não ter nada a contribuir. Parece que a conversa toda a deixava um pouco irritada, pois Javier falava de liberdade olhando para ela, que estava à sua frente. A tal liberdade parecia não existir no caso deles.

Depois, Pedro trouxe à mesa o caso de um colega de trabalho, autônomo apenas financeiramente, pois namora há dez anos uma mulher que quer se casar já há muito tempo, mas ele – filhinho de mamãe – não consegue. Coladinho na mãe: o pai faleceu e ele, filho único, não consegue casar, mudar de casa... É dependente afetivamente dessa mãe.

Poli continuava calada, até pegar novamente o celular. Parecia querer ficar fora da conversa por um tempo, olhando roupas para comprar pela internet. Até que vê uma, mostra para Javier e pergunta o que ele acha. Ele educadamente diz a ela que aquilo era inconveniente para o momento. Ela expressa seu constrangimento e diz estar cansada. Fala para o marido que gostaria de ir embora pra descansar. Depois da desculpa esfarrapada, se levanta e vai ao banheiro. Logo depois, Pedro também se levanta e diz que iria ao banheiro.

Javier pede a conta e comenta comigo que Poli é uma menina boa, mas que o problema é que ela é crua, não sabe conversar sobre nada, só sobre futilidades. Ele me diz que anda cansado disso.

Pedro e Poli chegaram juntos do banheiro. Quase não percebemos. Javier contava-me sobre uma de suas viagens de negócios e eu estava embebecida pelo charme daquele homem. Mas percebi que ele também tentava me seduzir com sua história. Ambos curtíamos aquele jogo e quase fomos desmascarados.

Durante os cinco dias em que ficamos no Chile, conversamos muito sobre variados assuntos. Pedro gosta muito de conversar com Javier. Os dois são amigos desde a infância. Têm muito assunto da época em que eram adolescentes para colocar em dia. Eles adoram lembrar o passado; saíam muito pra paquerar. Toda viagem é a mesma história: revelam muitas coisas diante das quais Poli e eu ficamos surpresas. Às vezes... não, sempre sinto mais ciúmes das histórias de Javier do que das de Pedro. Muito louco, isso!

É muito divertido quando os dois se juntam. Além disso, viajamos muito, então sabemos muita coisa um do outro. Os quatro se conhecem muito bem. Somos capazes de prever as reações de cada um de acordo com as circunstâncias.

Segredo: tenho deixado você aqui na editora, numa gaveta com chave que tenho. Prefiro escrever no papel a tê-lo no meu note. Sinto falta de escrever, hoje em dia tudo é digitado.

Desde que comecei a me sentir atraída por Javier (só de falar isso, tenho medo de que alguém descubra o meu mais íntimo e sedutor segredo), nunca contei a ninguém, nem à minha melhor amiga.

Falando em segredos, não consigo mais transar com Pedro sem imaginar que estou com Javier. Sou doida pra ele fazer um monte de coisas que faz com Poli e que vejo. Ele adora fazer massagem nos pés dela nos aeroportos. Um dia beijou, chupando, os dedos do pé dela, enquanto estávamos os quatro numa *jacuzzi* de um hotel (o pior é que fez isso de frente pra mim, olhando pra mim! Quase tive um infarto de tesão!).

Outro dia, no aniversário do Pedro, Javier e Poli foram os primeiros a chegar. A casa já estava cheia de familiares e amigos, mas, por causa dos preparativos para a festa, eu havia me atrasado e ainda estava no banho. Demorei-me muito tempo no banho. Enquanto passava o sabonete entre as minhas pernas, fantasiava algo com Javier. De repente, Pedro, preocupado e ansioso, bate na porta do banheiro: "o que aconteceu? Está passando mal? O pessoal já chegou". Levei um susto e me dei conta de que estava doida pra gozar, não me contive. Foi delirante!!!

Não me reconheço fazendo essas loucuras. Estou adorando, na verdade. Será que isso é paixão? Tenho dúvidas se existe alguma coisa melhor que paixão para sentir... Então, se existe, é isso que sinto por Javier. Experimentar isso não é para todos, me sinto privilegiada por viver uma coisa ardente, louca, do tipo desvairada, como paixão.

22/01/2017

O réveillon, resolvemos passar numa boate. Logo que chegamos, consultamos o *concierge* do hotel para saber de todas as possibilidades de vaga para passar o réveillon. Chegamos à conclusão de que deveríamos passar a noite na Club Subterrâneo, uma boate no Providência, bairro em que estávamos. Tem uma rua nesse bairro que é cheia de barzinhos e essa casa noturna ficava lá. Para nós foi ótimo! Podíamos voltar para o hotel na hora que bem quiséssemos, a pé. Estávamos a dois quarteirões dessa rua dos bares.

Chegamos lá no dia 30/12.

Descansamos muito para o dia 31. Poli, preocupada com a roupa, não deu sossego enquanto não saiu para comprar seu vestido. Na hora do almoço, ela cismou de fazer isso. Nós três estávamos com muita fome e resolvemos almoçar antes de qualquer coisa. Poliana não gostou muito e fechou a cara.

Eu nem sabia direito com que roupa iria, sabia apenas que tinha uns vestidos na mala e que poderia usar um deles. Como sou prática, sempre levo comigo roupas que não precisam ser passadas. Além de prática, jamais perderia tempo pensando em roupa. Queria viver meus dias de férias da melhor forma possível.

Então, tive Javier só pra mim. Fiz de tudo para Pedro se assentar ao meu lado. Seria mais tranquilo assim. Não estaríamos de frente, correndo o risco de ele ver alguma coisa que me entregasse. Javier estava de frente pra mim.

O almoço foi excelente! Javier se abriu comigo e com Pedro, dizendo que já não aguentava mais e que estava pensando em se divorciar. Disse que eles não tinham filhos, o que facilitaria o divórcio. Ele falou que a paixão por Poli tinha passado, que confiava muito nela, que ela era boa pessoa, que sabia que ela jamais o trairia, que tinha pontos positivos e que se davam bem na cama. Mas essa vida vazia dela o irritava. Ele disse que Poli não queria saber de fazer uma faculdade, um curso, ou de trabalhar. Nunca tinham o que conversar, ela também não se informava dos acontecimentos do Brasil e do mundo, parecia viver em Marte, pelo que disse.

Pedro engasgou nessa hora: um pedaço de queijo do *couvert* agarrou-se em sua garganta. Teve que ir ao banheiro para tirá-lo.

Fiquei com Javier. Ele me disse que Pedro tinha sorte e que queria uma mulher como eu. Fiquei muda, não sabia o que dizer. Imagino ter feito uma cara de susto, de surpresa. Sorri pra ele.

De repente, minha mão foi ao encontro da mão dele. Ele fez um carinho por cima dela, me agradeceu por ouvi-lo e tudo o que saiu da minha boca foi: "você também é um grande homem, acho mesmo que merece uma grande mulher".

Pedro chegou, sentou-se à mesa e ficou calado por muito tempo. Ele parecia aéreo. Achei estranho! Pedro não tem esse comportamento. Javier conversava com ele, mas Pedro estava completamente desligado, desconectado, só perguntava: "o quê, o quê?", demonstrando não estar a par de absolutamente nada.

Já estávamos no cafezinho, encerrando o almoço, quando Poliana chegou, mostrando seu vestido. Javier estava realmente cansado daquela cena. Ele nem deu bola. E eu, sem muito entusiasmo, disse: "bonito!", apesar de ter achado horroroso.

Até que ela perguntou a Pedro: "o que achou, Pedro? Vou ficar bela?". Pedro, sem graça, respondeu: "claro", parecia ainda engasgado.

O ritual de preparação para mais uma festa de final de ano foi intenso como sempre. Maquiagem, cabelo, roupas e joias. Devo reconhecer que a fútil da Poliana ficou bonitinha naquela noite. Os dois maridos nos esperavam no hall do hotel tomando uísque e falando de política e futebol. Acho que é sobre isso que homens ficam conversando na maioria das vezes, além de falarem de mulheres, óbvio. No réveillon, entretanto, o clima ficou bem estranho. Dancei com Javier. Poliana e Pedro não quiseram dançar, preferiram ficar na mesa. De longe vi que batiam um bom papo. Mas estavam sérios. Tive vontade de ser uma mosquinha pra saber sobre o que conversavam tanto. Ela gesticulava demais.

Javier e eu curtíamos mais do que todo mundo ali. Dançamos quase a noite toda. Eu estava à vontade, com um vestido larguinho, fresco e sem sutiã. Estava feliz demais! Primeiro, por estar com ele. Segundo, por tudo o que ele me tinha me dito no almoço.

Javier estava todo de branco. Aquele olhar, aquela boca arreganhada, deixando o uísque entornar, o seu molejo pra dançar, o cheiro hipnotizante que só ele tem. Aaaii... Quase me atirei aos braços dele e lasquei um beijo naquela boca deliciosa e carnuda! Senti que ele estava a fim de fazer o mesmo.

Acho que sou sedutora pra ele, sinto que ele precisa fazer um esforço pra não dar mancada. Ele se regula o tempo todo. Naquele dia, tive certeza de que rolava algo mais entre nós dois. Algo mais do que o lance da paixonite ou de uma atração avassaladora. E não era só da minha parte...

Ficamos mais ou menos uma hora, direto, na pista. Enquanto isso, Poliana e Pedro continuaram conversando e bebendo, sentados. Não sei do que tanto conversavam. Javier disse que era um recorde para Poliana conseguir conversar tanto tempo com alguém.

O clima entre os dois foi ficando cada vez mais estranho. Javier não conseguia mais se conter, estava cansado das atitudes da mulher (ela é insuportável mesmo). Nem sei como conseguiu ficar tanto tempo com ela.

No dia seguinte, não nos encontramos durante o dia, Javier nos disse que estava conversando com Poliana.

No fim da tarde, ouvimos gritos e xingamentos no quarto deles. Não que sejamos indiscretos, mas éramos vizinhos de porta, impossível não ouvir. Confesso que torci pra que aquela relação tivesse fim. Poliana gritava com Javier e ele retrucava na mesma medida. Pedro e eu ficamos muito sem graça. Saímos pra rua e ligamos para saber se queriam jantar conosco. Javier disse que Poli havia tomado um calmante e estava apagada, mas que ele iria.

Fomos a um restaurante na rua dos bares. O clima estava pesado. Javier nos disse que a vontade era de voltar para o Brasil. Nos pediu desculpas por acreditar que estava atrapalhando a viagem. Ele nos comunicou que, no dia seguinte, tentaria embarcar de volta pra casa e que infelizmente não voltaria conosco no dia combinado.

Enfim, minha hora está vencendo, preciso fazer minha corrida, porque parece que vai chover!

Mas foi o que aconteceu, voltaram antes do dia quatro de janeiro, data prevista do nosso retorno. Sei que Javier chegou ao Brasil e logo viajou para São Paulo para o tal curso.

Vamos nos encontrar novamente no sábado, para jantar. Que será que aconteceu? Cheguei a ligar para a Poli, para saber como eles estavam, mas ela disse que ia sair, que estava com pressa. Deu para perceber que ela não queria falar comigo.

25/01/2017

O jantar foi ontem. Não sei o que dizer. As coisas complicaram para o meu lado. Não sei agora o que fazer. Estou decepcionada... Você não vai acreditar... Logo vai entender...

Javier se separou de Poliana assim que voltaram de viagem. Ele nos chamou pra jantar e nos comunicar sua decisão.

Assim que chegamos, Pedro perguntou por Poli. Me chamou a atenção aquele interesse de Pedro por Poli, mas deixei para lá porque eu queria saber era do Javier.

Javier nos contou que não foi fácil a conversa que teve com ela, mas que, surpreendentemente, ela aceitou a separação. Ele nos disse também que até parece que ela já tem outro. "A reação dela foi de tranquilidade e de alívio, parecia. Ela queria saber só da partilha dos bens. Parecia querer resolver rápido, para ficar com o trânsito livre", contou Javier, meio abatido. E disse que, pelo que conhece de Poliana, ela já se amarrou em outro. Não ficaria sozinha.

Pedro se engasgou com o que comia, como naquela vez com o queijo, no Chile, e foi ao banheiro.

Javier encheu minha taça e me disse: "Pedro tem sorte, você está linda, como sempre!". E eu disse, meio constrangida: "Você vai arrumar outra rapidinho, você é lindo, interessante..." e quase disse "...e muito gostoso".

Ele, olhando para dentro dos meus olhos, quase me engolindo junto com o vinho que ele bebia, me disse que queria uma Isadora pra si. Quase escapuliu pela minha boca: *Eu quero você, Javier, em cima de mim. Eu quero você.* Como na música da Vanessa da Matta. Estou ficando louca. Está claro que ele me deseja como eu o desejo.

Pedi licença e fui ao banheiro. Na porta do banheiro, escutei Pedro conversando baixo com alguém. Ouvi: "preciso desligar, estou aqui".

Na hora em que Pedro saiu do banheiro, eu estava na porta. Ele ficou pálido e suava muito. Achei estranho. Logo, perguntei com quem ele falava. Ele gaguejou, demonstrando estar mentindo (ele não sabe mentir). Pedro me disse que estava com a mãe dele no telefone.

Naquele momento, tive certeza de que ele mentia e tudo veio à minha cabeça... Para começar, ele disse no celular: "estou aqui"... Não falaria baixo e assim com a mãe dele. No dia em que chegamos ao Chile, ele e Poli demoraram a descer. Isso não acontecia.

Me lembrei do réveillon, dos dois na mesa, conversando por muito tempo, o que era algo inusitado, pois Poli não consegue conversar assim, por tanto tempo. Eles se divertiam juntos, riam...

Logo me veio à cabeça Javier dizendo que ela estava com outro. Os engasgos frequentes... Posso estar enganada, mas não duvido que Pedro esteja com Poli.

Pensei que, no dia em que chegamos ao Chile, eles deviam estar transando, enquanto nós estávamos lá embaixo, esperando por eles.

Naquele dia, Pedro não quis transar. Isso é inédito. Transamos sempre quando chegamos a um hotel, no mesmo dia, para estrearmos a cama (brincamos um com o outro assim).

Naquele dia, descansamos à tarde e ele disse estar cansado. Lembro que dormi com vontade de transar. Detesto isso.

No réveillon passaram muito tempo batendo um papo bom... Se divertiram... Claro, está explicado! Já rolava, ali.

Tudo foi se juntando na minha cabeça: um monte de insights...

Não sei o que faço.

Na verdade, desde ontem, quando voltamos pra casa, ficamos mudos. Mas eu fiquei só "matutando", como minha Tia Verinha dizia quando ela me via calada, pensativa.

Vou descobrir a senha do celular dele e vou ver as mensagens. Farei isso hoje, assim que ele chegar do trabalho.

27/01/2017

Descobri tudo.

Peguei o celular dele logo que entrou para o banho, anteontem à noite. Estavam lá as mensagens sensuais e pornográficas que um mandava para o outro.

Tive raiva de mim, sabia?

Perguntei para Pedro quando ele pretendia me contar e disse que era uma grande sacanagem com Javier.

Pedro respondeu que Poli deu em cima dele e ele não aguentou. Há seis meses estão se encontrando.

Fiquei decepcionada.

Tive raiva de mim, porque deveria ter feito o mesmo. Eu deveria ter ficado com Javier.

Você sabe da minha vontade enlouquecida por esse homem. Mas não ficamos, respeitando os nossos companheiros. Eu também deveria ter dado em cima de Javier. Tenho certeza de que ele não resistiria.

Que raiva!

Logo disse a Pedro que eu estava muito a fim de Javier, mas que nunca tinha dito a ele e que não tínhamos ficado. Disse a ele que estava completamente arrependida de não ter feito o mesmo.

"Te respeitei, com certeza ia te contar antes de fazer essa sujeira toda que você teve coragem de fazer, ter um caso de seis meses com a mulher de um de seus melhores amigos".

Sabe o que eu fiz, meu amigo?

Anteontem, fui à casa de Javier, lhe contei tudo – inclusive que eu não aguentava mais de paixão por ele. Javier me abraçou e me beijou profundamente. Disse a ele que um dia havia lido uma frase numa revista e que ela sempre vinha à minha cabeça quando me sentia excitada por ele. Ela dizia: "O corpo não é um templo, é um parque de diversão. Aproveite o passeio."

O corpo é mesmo assim: um lugar cheio de deslizes alucinantes, buraquinhos, texturas diferentes, até sons loucos ele emite... O toque é todo diversão – a frequência, a intensidade... como numa montanha russa. Ele tira o nosso fôlego, dependendo da adrenalina liberada, e nos leva ao ápice do prazer intenso.

Estávamos ali, prestes a nos entregar como se não houvesse nada mais na vida, além de nós dois, nus, completamente entregues um ao outro. Aproveitamos como nunca o passeio!

Foi bom demais, como eu sabia que seria! Tudo começou no tapete da sala, depois no corredor, até chegar à cama. O desespero era grande. Nós dois queríamos muito. Parecia que sentíamos fome e sede ao mesmo tempo e que nunca tínhamos feito aquilo na vida. Saciamos nossas necessidades há muito tempo reprimidas. Como eu desejei aquele momento!

Gostava do Pedro, mas sou apaixonada por Javier.

Eu e Pedro ainda não conversamos sobre nós. Apesar de estar apaixonada por Javier, não havia "passado às vias de fato", como ele. Me segurei até descobrir tudo. Eu achava mesmo que devia, antes de fazer qualquer coisa, comunicar a Pedro, mesmo que fosse incontrolável. Eu sabia que uma hora aquilo teria que se resolver. Enquanto isso, ele estava mandando ver com Poliana. Como foi fingido... Eu também fui, mas não tive nada, de fato, com Javier.

Javier me mandou mensagem o dia todo, ontem e hoje. Quer me ver rápido. Mas preciso resolver com Pedro o que vamos fazer.

05/02/2017

Eu e Pedro decidimos nos separar. Vou alugar um apartamento menor e ele também. Vamos vender o apartamento em que moramos.

Javier me ofereceu para ficar num *apart* dele, que está livre. Mas não quis. Quero ir com calma, quero preservar minha liberdade. Tudo aconteceu muito rápido. Preciso ficar sozinha às vezes, sem ninguém perto de mim. Tenho medo de me esquecer de mim e fazer tudo para o outro ou pelo outro (tenho essa tendência, segundo Camila – uma grande amiga. E ela tem razão!).

Agora penso em tudo o que está acontecendo entre mim e Javier. Mas, às vezes, vêm à minha cabeça momentos com o Pedro.

Que loucura!

Mas quero Javier. Pedro me machucou. Estou muito puta com ele. Não deveria, pois eu também queria outro homem, essas coisas acontecem involuntariamente. A diferença é que ele ficou com Poliana antes de acertar tudo comigo. Ou melhor, ficou com Poliana por meses.

10/02/2017

Me sinto a mulher mais feliz do mundo. Javier é tudo o que eu sempre quis. Nunca mais vi Pedro.

Assim é a vida!

O universo conspirou... Tudo seguiu seu fluxo... A vida se encarregou de resolver tudo e me aproximou do que eu queria há muito tempo. Nunca vivi nada tão imponderável, incontrolável, fui tomada por uma paixão.

Parece um sonho passar a noite inteira com Javier, tomar um espumante com ele ouvindo música; jantar, bater papo, trocar ideia sobre publicidade, falar da vida, de tecnologia, ler poemas, comer chocolate juntos... Adoramos.

Resumindo, me sinto feliz!

Sou louca demais com esse homem! Ele é mais ainda do que pensava!

Estou ora na Lua, ora na Terra, ora no Sol; nas estrelas, mergulhada na felicidade.

Isso existe?

Existe? Siiiiimmmm!!!

Aproveita, mulher! É a sua hora!!! VIVA!

ANA CLARA
30 ANOS

28/02/2017

Ontem, Estela, uma amiga de infância, me telefonou para dar uma notícia diante da qual estou até agora sem ar, perplexa, angustiada.

Preciso te falar desta minha amiga. Nunca consegui te falar dela. Nossa história é longa, complicada, confusa, cheia de arestas e lacunas que até hoje não foram devidamente preenchidas. Mexer nela é como cutucar com força uma ferida aberta que ainda sangra. Machuca muito, é um desprazer intolerável.

Eu era criança quando nos conhecemos, na escola em que estudamos a vida toda, até irmos para a faculdade. Estela morava com o pai, que a teve com 15 anos. A mãe também tinha 15 quando ela nasceu. A mãe era, ou é – não temos notícia se está viva –, de uma classe social bem alta. Logo que minha amiga nasceu, os pais da mãe de Estela a mandaram para a Europa; ela sumiu no mundo, nunca mais voltou. O pai a criou.

Estela ficava muito lá em casa e eu na casa dela.

Quando tinha 19 anos, briguei com minha mãe e pedi a Estela para eu ficar uma semana e meia em sua casa.

Nessa época, Estela estava de viagem marcada para o Rio, para passar as férias de faculdade com uma tia paterna. Ela conversou com o pai e eu fiquei lá por uns dias. Eu e Léo, pai dela.

O problema é que o pai da Estela sempre foi atraente para mim.

Eu, com 19 anos – a mesma idade de Estela –, e Léo, com 34. Ele conversava muito comigo, me dava conselhos. Eu percebia que ele tinha muito carinho por mim.

Nunca achei que pudesse acontecer o que aconteceu...

Numa noite, jantando, tomamos um vinho juntos. Conversamos muito e resolvemos ver um filme. Ele pediu para deitar a cabeça dele no meu colo.

Deixei.

Até aí, nada passava pela minha cabeça.

Até que, de repente, o cabelo liso dele, que era grande, começou a me dar uma sensação gostosa na perna, comecei a passar a mão em seu cabelo sedoso. E, quando vimos... Nos beijamos.

Foi muito inusitado.

Ficamos assustados e preocupados, mas estávamos sem controle e acabamos transando.

Aquilo nos deixou embaraçados, sem saber o que fazer. Em seguida, instantes depois disso ter acontecido, Estela ligou para ele, dizendo que nenhum de nós dois atendia ao telefone fixo e nem ao celular. Ela queria saber se eu estava lá e o que estava acontecendo, pois nós dois sempre atendíamos ao seu chamado.

Léo ficou engasgado, não sabia o que dizer e passou o telefone para mim.

Eu disse que estávamos vendo um filme e, por estarmos distraídos com a história, não havíamos mesmo escutado o telefone.

Mas ela conhecia muito bem ao pai e a mim. Sentiu – claro – que estávamos escondendo alguma coisa. Devíamos estar apavorados e isso lhe foi demonstrado, com certeza, na ligação.

Não somos bons em fingir, nunca fomos!

Ela não desconfiou do que havia acontecido. Jamais pensaria que isso poderia acontecer entre seu pai e sua melhor amiga.

Assim, no dia seguinte, resolvi voltar para minha casa. Ela chegou e resolvemos lhe contar a verdade.

Nossa amizade acabou. Nunca mais vi Léo, nem Estelinha. Ela não quis mais falar comigo.

Sei dela através do pai, que raramente me manda uma mensagem no WhatsApp.

Ultimamente não temos nos falado. Ele está viajando para Bogotá a trabalho...

Quatro anos depois do acontecimento entre mim e o pai de Estela, ela se casou com Isaque e foi morar na África do Sul, porque ele havia sido transferido para trabalhar numa multinacional de lá. Depois de três anos morando na África do Sul, Estela engravidou de Bianca, que hoje está com sete anos.

Vou contando aos poucos, porque para mim não é nada fácil... Estou entalada!

Na verdade me apaixonei por Léo, mas resolvemos não nos encontrar mais, porque sabíamos que, se isso acontecesse, ficaríamos juntos novamente. Por um bom tempo, ou melhor... por anos, nos falamos quase que diariamente pelo telefone, pois o que tivemos foi intenso.

Tinha que ser com ele?

Poderia ter sido bom demais com outro com quem eu pudesse repetir aquilo para sempre.

Depois de muitos anos, fui surpreendida, na manhã de hoje, por um telefonema da Estelinha. Ela estava bem triste. Fiquei ainda mais apreensiva. Quis saber o que estava acontecendo. Perguntei se estava tudo bem. Ela começou a chorar. Chorei também, esperando o pior.

Há onze anos não nos falávamos. Mesmo assim, ela ligou aos prantos e disse que precisava de mim. Contou-me que tinha uma filha (Léo já tinha me contado havia alguns anos), Bianca. Me disse que era uma menina linda e que tinha os olhos parecidos com os meus. Sorri e chorei ao mesmo tempo. Estava emocionada por estar falando com Estela depois de tantos anos. Mas o motivo da ligação não era nada agradável. Bianca, contou Estelinha, vinha passando mal já há algum tempo, com febre e suor noturno, infecções frequentes, sensação de fraqueza e cansaço, dores e falta de apetite.

Desorientada, Estela me disse que Bica tinha sido internada às pressas depois de um desmaio. Os resultados dos exames que acabaram de sair não deixavam dúvidas quanto ao diagnóstico. Bianca estava com uma doença grave e rara em crianças: leucemia mieloide crônica.

Foi um duplo choque para mim: a ligação de Estela depois de anos e a notícia da doença da filha que tinha os olhos parecidos com os meus. Estela não se continha em prantos. Estava desolada!

Ficamos conversando por Skype durante duas horas. Isaque estava no hospital com Bianca e ela tinha ido em casa buscar roupas.

Escutei. Sentimos juntas a dor dela. Choramos desesperadamente, assustadas, sem saber de nada do que aconteceria nos dias seguintes.

Estela ainda iria conversar sobre a doença com os médicos. Não tinha sequer avisado ao seu pai.

Dei toda a força que tinha dentro de mim pra ela, mas minha vontade era de pegar o avião e ir para a África, vê-las. Encorajei-a, dizendo que Bica ia ficar bem, que o câncer deve estar recente e que teria cura. Eu quis saber da medicina do país e ela disse que era muito boa e que, por isso, tratariam de Bica lá.

Deus vai ajudar minha amiga, dando toda força e coragem aos três: a ela, ao marido e a Bianca.

Hoje estou morando com um grande amigo, Valide, recentemente assumido homossexual. Resolvemos morar juntos. Nos damos bem demais. Pra falar a verdade, ninguém nunca me entendeu tão bem.

Valide é uma mulher quando precisa me ajudar em assuntos de mulher e é um homem quando preciso saber como os homens pensam. Ele não é metade de um sexo, metade de outro. Valide é inteiro pra mim, como homem e como mulher. Uma pessoa completa. Me orgulho dele por ser quem é.

Agora, apesar da notícia horrível, estou feliz por Estela ter me procurado, dizendo que precisa de mim. Farei de tudo por minha amiga.

Nunca vou abandoná-la! Vou enfrentar a doença de Bica junto da família, dando todo o meu apoio, carinho e amor.

Queria muito estar ao lado dela, mas não tenho a menor condição de comprar uma passagem pra lá.

O problema é que nem Léo poderá ir, acredito eu. Ele está apertado... Arrumou um emprego há pouco tempo depois de passar um ano desempregado, me disse da última vez que nos falamos no Whats.

Tenho medo de encontrá-lo e de tudo voltar... A vontade de viver tudo o que tivemos existe em mim, não posso negar.

29/02/2017

Hoje acordei assustada com uma ligação do Léo logo cedo. Ele me ligou desesperado, me perguntando por que isso foi acontecer com a neta dele. Ele pediu para que eu ligasse para o meu pai, que é médico – mas não oncologista –, para saber tudo sobre a doença.

Ele ansiava saber urgentemente sobre aquele tipo de leucemia e queria que meu pai conversasse com um amigo especialista.

Na verdade, Léo precisava das informações necessárias para averiguar as chances de Bica reagir bem à medicação à qual os médicos de lá iriam recorrer antes de outros tratamentos mais agressivos.

Tudo isso para avaliar se havia necessidade de ele ir. Ele me disse: "Claro que eu devo ir. Tenho até vergonha de falar de necessidade de ir ou não ir com você. Mas não tenho condições para pagar uma passagem cara, como deve ser a daqui pra lá".

A gente só dá valor pra vida quando o seu valor real, que é a própria vida, começa a faltar e a eminência de morte é real.

O que vale na vida? Como e onde a gente arruma força e coragem assim, de uma hora para a outra, para enfrentar um inesperado acontecimento?

O amor que sinto por Estela, que nunca deixou de existir, nem com o nosso afastamento de mais de uma década, me faz sentir a dor que ela está sentindo lá.

É dilacerante uma mãe descobrir que sua filha tem uma doença que não se sabe se vai matá-la.

Essa é uma realidade cruel, que dá náusea, um mal-estar desmedido, que desorganiza qualquer ser, desnorteando qualquer um, de um minuto para o outro. O tempo eterno do retorno de um médico, todas as vidas envolvidas no fato... Não é mole.

A falta de resposta faz surgir uma angústia que deixa a gente sem rumo.

É assim que Léo está se sentindo. Um buraco se abriu na alma dele e é irreparável, desmedido... nossa! Como dói...

...

Meu pai, que é cirurgião cardiovascular, estava em cirurgia. Por isso, ainda não consegui falar com ele. Deixei recado e ele me retornará assim que puder. Liguei para Estela para saber se ela já teve um posicionamento do tratamento. Pelo que o pai dela disse, tentarão primeiro uma medicação.

"Um sopro é o tempo que dura a passagem de uma vida tranquila para um estado de definhamento ou de não vida": palavras do meu pai. Nunca entendi bem o que ele queria dizer. Agora entendo.

"O que o coração não sente os olhos não veem". Só sentindo esse desespero é que consigo enxergar o significado disso, outra coisa que meu pai também sempre diz.

Estela não atende!

Preciso ligar agora para Léo. Preciso de notícia, estou enlouquecendo de ansiedade.

"Calma, Ana! Fique tranquila". Falo isso pra mim o dia todo, mas não consigo me ouvir.

...

Soube que a medicação não teve o efeito esperado. Terá que fazer transplante de medula.

...

Nem Estela nem Isaque são compatíveis. E agora?

...

Valide me escuta muito, se não fosse ele...

Ele acha que Arthur é que está me dando mais força do que tudo. Ele tem razão, pois Arthur é um homem sensível, daqueles que dão atenção ao humano que há em cada pessoa. Hoje em dia, encontramos mais pessoas frias, que excluem a humanidade que há em cada ser. Foi isso que, desde o início, me atraiu nele. Além de ser ultracarismático.

Na verdade, o que me dá força é o amor dele, o amor que sei que ele tem por mim. O amor! Ah, o amor! Ele faz as coisas ficarem mais leves.

Léo me traz segurança mesmo, a cada vez que nos falamos. Sinto saudade da época em que tivemos aquele lance que já te contei.

Não é hora de saudade, é hora de torcer e rezar pela minha amiga e sua família.

Que Deus olhe para elas! Amém!

25/03/2017

Nem sei há quanto tempo não venho aqui escrever.

A turbulência começa a passar. Encontraram um doador compatível para Bica. As pessoas da família não foram compatíveis.

Foi muito sofrimento a cada vez que o médico trazia a resposta da incompatibilidade dos familiares.

Sabíamos que seria difícil encontrar um doador... A fila era grande.

O fato é que, em dez dias, apareceu um doador compatível. Não sabemos como foi o processo para encontrar esse doador e nem como o médico-chefe da equipe conseguiu tão rapidamente.

Estela e Isaque escondem essas respostas de nós – de mim e de Léo.

Bem, não importa. O que importa é que Bianca está se adaptando, se recuperando e passa bem.

Vou lhe contar como foi o meu encontro com Léo depois de anos.

Nesses dias em que ficamos aqui, enlouquecidos, eu e ele nos encontramos todos os dias desde que soubemos que Estela não seria uma doadora compatível.

Um deu amparo ao outro. Cheguei a dormir uns dias na casa dele e...

Adivinha o que aconteceu? Aconteceu.

Nos entregamos em carinho, em apoio, em suporte, em tudo o que você possa imaginar. Só tínhamos um ao outro para fazer isso.

Valide me deu também muita força, mas não era a mesma coisa que Léo.

Resolvemos ficar juntos, assumir que gostamos um do outro e que nunca tínhamos encontrado outra pessoa na vida que nos fizesse tão bem quanto nós dois. Eu para ele e ele para mim.

Anos se passaram. Estela vai entender.

Vivemos momentos muito desesperadores daqui, com a doença grave de Bica. Mas Deus abençoou nossa família.

Sim, nossa família! Já me considero parte da família. Serei amiga e madrasta de Estela (risos).

Acho que ela vai gostar!

Eles virão ao Brasil no final deste ano.

Contaremos de nós dois assim que Bica sair do hospital.

Quem diria que o amor da minha vida seria o pai de uma grande amiga!

Quem diria que, depois de perder esta amizade por anos, nós nos uniríamos de novo e eu reviveria intensamente, numa outra fase, tudo o que vivi na minha adolescência com Léo!

A vida é mesmo como uma estrada... Uma viagem cheia de curvas...

A gente nunca sabe o que vai encontrar depois de cada curva.

MARLENE
28 ANOS

03/01/2017

Comprei você hoje. Quero fazer de você um amigo. Vou falando de mim pra você, aos poucos. Hoje preciso falar muito do que me aconteceu na semana passada.

Meu analista está de férias e nunca contei isso para ninguém. Você é o primeiro a saber.

Vergonha mesmo!

Na verdade, nem sei se teria uma amiga ou um amigo em quem confiar pra falar sobre isso. Acho também que ninguém poderia me ajudar. É uma coisa muito complicada para mim.

Você sabe, sou casada há dois anos, não temos filhos. Amo meu marido. Nós nos conhecemos na empresa em que trabalhamos até hoje, uma multinacional do ramo de construção e arquitetura. Eu num andar, ele noutro, em setores diferentes.

No início do namoro, que durou um ano, éramos doidos um com o outro. Casamos e logo ele começou a fantasiar diversas situações. Me contava todas e eu sempre as realizei, por ele.

É bom para ele. Ele mostra muito bem que me deseja o tempo todo, me faz a mulher mais desejada da Terra. Mas sinto que ele não me ama, mas me usa.

É horrível para mim.

Logo depois de tudo bem-feito (para ele) e acabado, eu vou para o banheiro e choro desesperadamente, enquanto ele, gozado, dorme.

Lembro-me da minha mãe me falando "Faça com seu marido tudo o que ele quiser, pra não procurar na rua". Parece que tomei isso como verdade absoluta pra mim e deu no que deu!

Na verdade, isso era uma pseudoverdade (essas crenças que vêm da família e que só servem pra complicar nossa vida).

Logo que comecei a realizar suas fantasias, depois de mais ou menos um ano de casada, fui perdendo o tesão que sentia por ele.

Hoje, não sinto nada, nem tesão, muito menos orgasmo. Mas adoro vê-lo feliz, alucinado. Ele faz com que eu me sinta, cada vez mais, uma mulher poderosa, capaz de fazer meu marido enlouquecer.

Mas me sinto assim: apenas poderosa, mais nada. Quero dizer: NADA MESMO, porque não sou feliz. Do que adianta?

Finjo sentir tudo com ele. A cada mês que passa, eu me sinto cada vez pior. O que estou fazendo comigo? Por que eu satisfaço só a ele?

É como se eu não existisse... Não me sinto viva naquela hora, mas pelo contrário: às vezes me sinto um robô, às vezes uma escrava, às vezes uma garota de programa. Tudo, menos amada.

Como vou acabar com esse inferno que me faz sofrer? Essa é a pergunta com que convivo há um ano. Mas agora chega! Já deu...

Semana passada, prefiro falar "ano passado", desesperada com essa situação e de saco cheio de tudo, aceitei o convite de um colega de trabalho que dá em cima de mim já há algum tempo. Sempre me chamou para sair, mas nunca aceitei.

Complicado!

Meu marido e eu trabalhamos na mesma empresa, como se não bastasse, no mesmo prédio, ainda que a empresa funcione em prédios diversos... Além do mais, também trabalha no nosso prédio aquele meu colega de trabalho, o que dá em cima de mim, o Igor.

Antes de o ano acabar, avisei ao Mauro que ia fazer um happy hour, como fazia de costume, com minha equipe. Mas, desta vez, menti, não estaria com a equipe, mas com um colega de trabalho.

Estava precisando conversar. Não queria falar com mulheres. Sou mais prática do que as minhas amigas e também queria saber de um homem o que ele pensaria de toda essa história, que eu estava desesperadamente disposta a contar, mas só para um homem.

Foi constrangedor falar com ele, porque estava expondo uma intimidade minha e de Mauro, que ele conhecia, pois era também seu colega de trabalho.

Mas resolvi falar, porque acho Igor sensato, equilibrado, e temos muito tempo de convivência na empresa.

Acreditei, sim, que ele pudesse mesmo ser meu confidente.

Precisava sentir e escutar o que ele teria a me dizer sobre tudo isso que eu vivia com Mauro.

Pensei por um momento que ele também poderia querer aquela mulher, mas tudo o que eu queria era me livrar dessa mulher – essa mulher que eu estou sendo e que não continuo mais disposta a ser.

Eu precisava e esperava confirmar que podia ser outra mulher para outro homem.

Não entendo o porquê de fazer isso. Sinto prazer em dar para Mauro tudo o que ele quer, mas sofro demais. Isso me custa muito caro.

Contando do dia da saída... Igor me ouvia de forma neutra, sem julgamentos. Tomamos um coquetel e jantamos.

Às vezes, eu acreditava que ele estava imaginando as cenas que eu sutilmente descrevia para que ele entendesse melhor a situação.

Igor engolia a bebida e ela parecia travar na sua garganta. Ficou em silêncio por muito tempo depois de ouvir tudo o que eu falei. Visivelmente, ele não sabia o que dizer.

Logo pedimos a conta. Já estava tarde e trabalharíamos no dia seguinte. Nos despedimos e ele só me disse que precisava digerir tudo aquilo. E se foi.

Fomos cada um para sua casa. Nada, além da conversa, aconteceu naquele dia.

No dia seguinte, ele me escreveu um bilhete e o colocou debaixo do meu teclado: "Não consegui dormir, me coloquei no seu lugar".

Depois de uns dias, estávamos numa semana de trabalho intenso de final de ano.

Daí, saímos de novo para jantar.

Meu marido estava no Japão a trabalho.

Fomos a uma boate. Relaxamos muito. Estava gostoso aquele dia. Depois, fomos para um motel. Ficamos um bom tempo por lá. Deitamos exaustos na cama – do jeito que chegamos do restaurante.

A semana tinha sido pesada na empresa. Muita cobrança no meu setor, que é o de tecnologia avançada.

Conversamos muito sobre a vida e só muito tempo depois transamos. Tive medo de não sentir nada também com ele.

Pensei que poderia estar assexuada. Mas não!

Foi maravilhoso, pois me senti respeitada, desejada e até, quem sabe, amada. Senti que ele fazia diferente, menos mecânico e com mais afeto, nada a ver com a forma como meu marido faz.

Não foi fácil. Voltei pra casa cheia de culpa, pois amo Mauro. Não sei como vai ser daqui pra frente. Acho que, na verdade, eu quis saber se estava com algum problema sério na minha sexualidade, por isso pensei em ter uma relação com ele.

Sei lá... Tudo está muito confuso pra mim.

11/01/2017

Deve ter mais ou menos uma semana que saí com Igor. Temos nos falado frequentemente pelo WhatsApp, pois ele teve que viajar pela empresa dois dias depois da nossa saída e só chegou ontem.

Mauro chegou dois dias depois do dia em que fui com Igor ao motel. Um viajou e o outro chegou no mesmo dia.

Não foi fácil para mim encarar Mauro. Me senti péssima e culpada. Foi a primeira vez que traí. Estava muito aérea desde que fui ao motel com Igor, zureta mesmo, ainda bem que ele viajou. Precisava de paz.

Zureta! Era vovó Filó que usava esse termo. Dizia que mulher que ficava assim estava fazendo coisa que não devia. Talvez estivesse certa. Me lembro com carinho da conversa que tínhamos sobre a vida. Ela era sábia e fazia uma compota de doce de figo irresistível.

Será que fiz algo que não deveria ter feito? Talvez.

Ter me entregado a ele me fez ficar muito confusa. Gosto demais do meu marido. Se eu pudesse juntar o que vivi com meu colega de trabalho com o que sinto por Mauro, seria o ideal.

Não sei como posso fazer isso.

Será que eu conseguiria fazer com que Mauro desacostumasse das fantasias... ou que eu não as realizasse mais? Mas... E quanto ao meu prazer com ele, será que consigo sentir com ele o que senti com Igor? Nossa! Que loucura, acho que estou ficando doida.

Ainda bem que minha analista chegou de férias. Estou de cabeça para baixo, completamente bagunçada psicologicamente. Marquei de ir lá amanhã. Preciso resolver isso.

12/01/2017

Hoje, na sessão de análise, descobri que eu era a responsável por ter me permitido estar neste lugar. Lembrei que minha mãe era assediada o tempo todo pelo meu pai. Ele a pegava pelo braço e a arrastava para o quarto.

Nessa época, eu devia ter uns oito anos. Via aquilo e não entendia, mas ouvia sons... Na época esses eram sons novos para mim, sem o menor significado. Não imaginava o que eles diziam.

Lembrei também que um dia – bem nova – achei várias fantasias eróticas numa caixa em cima do guarda-roupa de minha mãe enquanto procurava por um cinto dela. Não tinha ideia do que era e achei que fossem fantasias de carnaval, tamanha era a minha inocência. Mais tarde, quando me lembrei disso, dei o significado real.

Falei, na sessão, do dia em que saí com um namorado daquela época e cheguei bem tarde da festa de uma amiga. Eu devia estar com 17 anos. Me lembro do meu pai dizendo: "Você é igual a sua mãe". Acabei sendo...

Essa história de fazer tudo que um homem quer vem desde essa idade. Não tinha me dado conta disso.

Esse meu namorado um dia pediu para enfiar três dedos dentro de mim, para sentir como era lá dentro. Fui com muito medo de doer, mas eu acabei deixando.

Outro namorado uma vez quis que eu engolisse... Você sabe o quê. Nunca gostei de sexo oral, mas fazia.

Nesse dia, lembro que sabia que eu não ia suportar e passei mal: fui vomitando para o banheiro. Fiquei muitos dias sem querer ver esse cara.

O nome dele era Luiz. Que nojo! Era muito besta, como pude fazer tudo isso?... Contra minha vontade.

Com 23 anos, já na faculdade, namorei um professor.

Um dia, ele me pediu para ir encontrá-lo com uma daquelas fantasias de coelhinha da Playboy. Rodei meia cidade procurando a tal.

Eu era muito boba, não tinha dinheiro na época e gastei todo o dinheiro que tinha ganhado da madrinha comprando a roupa numa *sex shop* (e foi muito cara).

No dia em que usei a fantasia, ele quis enfiar dentro de mim uma banana caturra para ver a profundidade da minha vagina.

A trouxa aqui deixou.

Lembro claramente do momento em que enfiou.

Senti muita dor, estava tensa e seca.

Como pude ser tão submissa?

Como não via que eu deixava que me fizessem de escrava para eles?

A culpa é mesmo minha. Eu poderia não ter aceitado. Assim foi a vida toda. Assim cheguei até aqui, permitindo que os homens fizessem tudo o que sempre quiseram comigo.

Me anulei como mulher, eu era um objeto na mão deles. Achei que era isso ser mulher, minha mãe era escrava de sexo do meu pai. Cresci vendo esse absurdo. Só agora tenho noção do quão prejudicial isso foi pra mim.

Éramos um lugar para eles, um parque de diversões no qual eles entravam e do qual saíam quando bem entendiam. A entrada era livre, sem custo! Pior que a de prostituta. Pelo menos a prostituta recebe algo em troca disso e está trabalhando.

Pedi um tempo para Mauro. Ele, sem entender o porquê de eu não conseguir – por enquanto – explicar, aceitou. Disse que me amava e que, se era o melhor para mim, então... Permitiu.

Olha só como eu ainda penso com a cabeça de submissa. Permitiu... Permitiu o caralho! Tem que permitir nada. Eu sou dona de mim. Ele não manda em mim.

Caralho? Eu falei isso? Nunca tive coragem de falar palavrão. Foi libertador!

Eu decido o que quero que entre e saia de dentro de mim.

Você, sua idiota! Parece que eu nasci pra ser escrava e cuidadora dele. Cuidava dele como se fosse um bebê doente ou com fome. Que burra que eu fui.

Me sacrificava por ele. Quantas vezes eu fui trabalhar sem dar conta por ter feito tudo o que ele queria, a noite toda?

Eu não existia porque achava que não podia querer. O querer dele era o meu. Só ele podia resolver, decidir, desejar.

Burra! Tenho vergonha de mim, juro!

Amanhã vou procurar um apartamento para alugar, porque quero sumir! Já tirei férias. Preciso viajar pra bem longe. Preciso ficar só comigo!

A culpa não é dele. É minha. Eu é que fui conivente e aceitei tudo de boca calada.

"Fica de boca calada!", meu pai vivia dizendo isso pra minha mãe e pra mim. Podia abrir a boca pra outras coisas. Pra falar, nunca.

Estou exausta. Não aguento mais nada!

21/01/2017

Conversa no WhatsApp com Igor:

I: Saudade! Você faz falta aqui!

M: Mauro vai trazer umas coisas aqui em casa, vc sabe que eu mudei? Consegui alugar por um mês, mobiliado.

I: Estou sabendo, vc mesma me disse. Como vamos ficar?

M: Sei não. Tô confusa demais, nem sei mais o que falo. Está vendo? Te contei que mudei e nem me lembrava. Por aí, vc vê!

I: Vc vai me deixar?

M: Como te deixar? Não estamos juntos.

I: Aquele dia não sai da minha cabeça.

M: Igor, não sei o que fazer, preciso de um tempo. Acho que estou ficando louca.

Vamos combinar assim: vamos ficar 15 dias sem nos falarmos aqui. Vou à minha analista, ver se tudo clareia. Entro em contato com vc.

I: Ok, vou aguardar ansioso. Espero que fique bem. Se vc precisar, estarei aqui, sempre para vc. Bj

M: Obrigada! Bjo

23/01/2017

Conversa com analista:

Está bem difícil me concentrar no trabalho.

Não estou sabendo o que eu faço: se trato aqui com você e depois decido o que fazer, se conto tudo para o Mauro, ou se chuto o balde e fico com Igor.

Parece que vou ficar louca. Você acha que posso ficar? Fala que não, pelo amor de Deus.

Acha que peço uma licença, tiro férias?

Não tem como fazer nada, porque eu não sei o que faço. Que será melhor para mim? Estou te perguntando, mas eu é que tenho que saber, né? Eu amo o Mauro mesmo, já te falei, mas foi bom demais com Igor.

Mas posso ficar com Mauro, contar tudo pra ele...

Pode ser que ele mude comigo, que é o que espero. Se você me perguntar o que sinto agora... É uma mistura.

Ele me usou, mesmo que eu tenha permitido... Ele tinha que ter se preocupado em como eu me sentia... Nunca perguntou. Tinha que saber – de mim – se eu fazia aquilo tudo com prazer... Não só em relação ao prazer, mas a tudo.

A mistura é de raiva com amor.

Na verdade, já sei que isso é coisa minha.

Desde menina, isso esteve presente na minha vida. Te disse que tive esse mesmo comportamento com os outros namorados.

Acho que Mauro não tem culpa. Ele achou que eu gostava e que eu gozava junto com ele.

Quem mandou eu fingir por tanto tempo? Eu, eu que fiz isso.

Resolvi agora. Vou contar tudo ao Mauro.

...

OBS: Adoro repetir aqui (reproduzir mesmo) as conversas que tive. Quando faço isso, as coisas clareiam. Sempre gostei de fazer isso, desde pequena. Já estou de férias, com todo o tempo do mundo.

Conversa com Mauro:

Contei tudo pra Mauro. Tudo, menos o fato de que fiquei com Igor, claro.

Falei também parte das minhas sessões de análise.

Mauro ficou surpreso, não imaginou que eu sofria daquele jeito. Ele chorou desesperadamente. Me disse que eu não podia tê-lo enganado, fingindo sentir e fazendo o que eu não gostava em relação às fantasias. Ele disse: "Você parecia gostar, você gemia, sempre achei que sentia".

Ele foi até o armário, pegou numa sacola dezenas de fantasias que eu usava e rasgou todas. Em prantos, me disse que tudo estava acabado, que tínhamos que ser como casal, que é o que somos na vida real. Não entendi bem o que ele quis dizer com isso. Como eu não gostava daquilo, porque era um trauma para mim, ele também não queria para ele. Depois explicou que, já que era assim para mim, parecia que ele era um cliente, não que éramos um casal.

Mauro implorou para eu voltar para casa. Ele disse que não existe sem mim.

Pedi a Mauro que me deixasse ficar sozinha até o fim do contrato de aluguel.

Sinto dor no meu corpo todo. Estou destruída.

Eu disse que não sabia ainda o que queria. Ele, muito decepcionado consigo mesmo, me pediu perdão.

Choramos muito, a ponto de ele não conseguir trabalhar no dia seguinte. Eu ainda estou de férias. A conversa durou a madrugada inteira... Estávamos exaustos.

Às seis horas da manhã, vim para o apartamento alugado.

Agora, estou aqui. Acuada, sem saber o que fazer, a tristeza não passa. Sinto que estou num redemoinho de desânimo e de falta de força.

...

Hoje faz cinco dias que estou aqui. Eu e eu. Está sendo uma experiência nova. Parece que me enxergo mais longe de tudo.

Uma ficha cai num momento... Depois outras... E assim tem sido...

Tudo vai clareando à medida que me vejo. Parece, às vezes, que saio de mim e me vejo inteira, pela minha vida toda, de um lugar de onde nunca antes tinha me visto.

Dói, arde! Choro, sofro como um passarinho que levou uma pedrada.

Outras horas, não sou um passarinho, mas uma tigresa ou uma pantera, leoa... Sei lá, um desses bichos fortes aí...

Durmo e sonho que estou voando.

Mas durmo e sonho também que estou encurralada. Já sonhei num desses dias que estava num labirinto e não encontrava a saída.

Outro dia sonhei... Nossa! Tenho até vergonha de dizer...

Me vi dentro do vaso. Estava pequena, em miniatura, dentro do vaso com xixi. Acordei em pânico nesse dia.

Outro dia sonhei que estava viajando para um lugar em que nunca estive. A liberdade que senti ao sonhar isso... Era como ver um pássaro sendo solto de uma gaiola, sem nunca ter conhecido a sensação de bater asas sem limites, sem muros, sem fronteira.

E me sinto leve.

Decidi: vou voltar pra minha casa! Continuar minha vida ao lado de Mauro, o homem por quem sinto mais admiração do que tudo na vida.

Vou conversar com Igor. Contar a ele sobre minha decisão e fazer TUDO ser diferente do que foi. Vou deixar "cair por terra" a Marlene que fui, deixar de ser má comigo e ser uma "Boalene" comigo (estou rindo, acredita?).

Tudo vai mudar.

Foi preciso passar por tudo isso: me enfiar no fundo do poço (ou no fundo da privada); me sentir misturada ao xixi (para não dizer outra coisa), para ver que posso largar pra trás todo mal que me fiz.

Sinto como se eu fosse um daqueles bichos fortes, voando!

Será que me libertei do que eu era?

CAROL
20 ANOS

03/02/2017

> Eu ando pelo mundo
> E meus amigos, cadê?
> Minha alegria, meu cansaço
> Meu amor, cadê você?
> Eu acordei
> Não tem ninguém ao lado

Essa música da Adriana Calcanhoto não me sai da cabeça, óbvio... Tudo a ver comigo. Canto pra mim, pergunto pra mim...

Hoje me lembrei de uma história que quero te contar!

Eu era menina quando, ao chegar em casa, me deparei com ele, o Tom. Foi esta a primeira vez que o vi. Ele estava de férias no Brasil (já morava fora, naquela época). Nossos pais são amigos.

Tom chegou ontem com o pai e o irmão. Havia muitos anos que eu não o via, sequer tinha notícias dele. Ao vê-lo, tudo veio à tona. A mesma cena de anos atrás.

Voltando da casa de uma amiga, pela manhã, me dei de cara com Tom e seu pai. Tinham vindo visitar o meu pai. Como disse, são grandes amigos.

Eu tinha uns 15 anos quando nos conhecemos. Ele ia ficar no Brasil por um tempo. Digo "por um tempo" porque é sempre por um tempo, já que ele mora em diversos lugares do mundo. O pai dele tem uma profissão que faz com que eles tenham que mudar com frequência de um país para o outro.

Tom era muito branco, com olhos da cor de esmeralda. Tinha um jeito de me abraçar que eu adorava. Tinha gestos delicados. Não era bruto como meu pai e todos os meus tios. Falava baixo. Não gritava como os homens da minha família.

Detesto gritos.

Me lembrei agora de minha mãe dizendo para o meu pai: "se você não falar baixo, eu não escuto". Ela também detestava berros e se casou com meu pai, que até hoje só saber falar alto, como se todas as pessoas fossem surdas.

Não sei como ela aguenta, ou melhor, como nós aguentamos. Meu pai faz isso para parecer superior a todo mundo: é machista, acha que é o rei.

Tom mora hoje em Dallas, nos EUA.

Na época em que nos conhecemos melhor, ele tinha 20 anos. Ia fazer faculdade fora do Brasil – não lembro agora o nome da cidade –, mas também era nos EUA.

Algo muito diferente para mim aconteceu logo que bati os olhos naquele cara, na época da minha adolescência.

Me apaixonei.

Tom era daqueles meninos que, por onde passava, deixava as meninas enlouquecidas. Ele tinha uma beleza e um charme de tirar o chapéu, como dizia vó Nenê. Tinha um bumbum alucinante, umas coxas duras e musculosas, enrijecidas – deviam ser como aquilo (você sabe o quê).

Eu imaginava que "ele" (você também sabe o quê) devia ser exatamente assim... Quando olhei para suas pernas... Pela primeira vez.

Um dia, no clube que frequentávamos, o vi na piscina com uma menina. Ela era linda, e eu me sentia horrorosa.

Fiz de tudo para que minha família se assentasse ali, de frente para a piscina. A menina era magra até mandar parar. Mexia o tempo todo no cabelo comprido que tinha. Se achava. Dava até nojo a metidez dela. E eu, claro, tinha ódio dela.

Fiquei de camarote vendo a cena. Pra quê, né? Isso é o tipo de coisa que acontece com a gente e a gente não sabe como explicar. Pra que querer ver tudo aquilo de camarote, para sofrer daquele jeito?

Sofri demais, a ponto de voltar pra casa chorando. Cheguei a ficar sem comer uma semana. Isso mostra o tanto que eu queria ficar com ele.

Mulher tem dessas coisas...

Hoje vejo o quanto foi ridículo tudo aquilo que arranjei.

Eu observava Tom. Sentia em mim cada toque e cada beijo que ele dava nela. Queria ser ela.

Pela primeira vez na minha vida, tive inveja daquela menina, e por muito tempo da minha vida imitei Ana Antônia – esse era o seu nome.

Ana passou a ser o ideal de mulher que eu queria ser. Tentei ser como ela por anos da minha vida. Emagreci, pintei o cabelo da cor do dela. Fazia tudo o que ela fazia: balé e vôlei.

Como pode? Coisas de adolescência! Se bem que... Conheço gente que faz isso até na vida adulta. Mulher é foda!

Alguns anos se passaram e consegui estar no lugar em que tanto quis estar naquele dia do clube. Um ano depois de conhecer Tom, estávamos namorando.

Nosso namoro foi muito bom, por pouco tempo. Quis que durasse mais, mas...

Fui feliz com ele por um tempo, não continuei sendo.

Com quase um ano e meio juntos, descobri que Tom não era homem de uma mulher só!

Ele me dizia que gostava de ir em busca do que cada uma tinha de diferente para lhe oferecer. Falava comigo que era divertido ver a diferença anatômica das vaginas, os jeitos e gostos de cada mulher.

O sonho acabou. Quando me contou tudo isso, pensei: "No mínimo, a minha já tinha sido explorada por ele e deixado de ser nova, já precisava de novidades" (rindo até...).

Na época, lembro que isso me causou um susto muito grande. Nunca imaginei que eram diferentes assim. Achava que tudo era a mesma coisa.

Eu queria ter um homem, o de uma mulher só. Nunca soube se existe, mas sempre quis!

Minhas tias falam que não existe, que todos são galinha. Mas tenho uma amiga mais velha que acredita que existem, sim, os que não são.

Não queria perder Tom, mas não quis fazer parte de seu harém.

Ele era apenas um tom de cor na cartela de cores que criava para mim, de homens que eu queria que existissem. Gostei demais dele. Ele quase me fazia feliz; me faria completamente feliz se fosse como eu queria.

Nunca, até hoje, encontrei o Tom dos meus sonhos.

Continuo procurando e a decepção aumenta cada vez mais! Não encontro.

Todos são como ele. Parece que minhas tias têm razão.

Como diz Elis: "Viver é melhor que sonhar"... Preciso deixar de sonhar. Sofro com isso, acho que não existe homem que não traia, o homem perfeito.

Acho que todos são como Tom, com poucas exceções. Mas... Ou vivo com o que encontro, sem sonhar, aceitando, ou sonho em encontrar e continuo na procura. Por enquanto, consigo viver. Mas... Sonhando.

A gente cresce ouvindo das avós, das tias, da mãe e das primas que homem não presta, que são todos iguais. Não entendia isso quando era nova.

Naquela época, elas já viviam suas decepções. Até hoje, "traição" é um termo recorrente na minha família, tanto por parte de pai quanto por parte de mãe.

Não sei se vou vê-lo novamente, como disse. Ele não mora aqui.

6/2/2017

Tom vai ficar no Brasil por dois meses. Logo que nos vimos, fomos conversar.

Ele contou que está terminando sua faculdade de Engenharia em Dallas. Fiquei escutando enquanto ele contava sobre a própria vida. Ele continuava lindo, agora com 25 anos. Contou que na época em que namorávamos era muito danado e que a cabeça dele tinha mudado muito.

Isso aconteceu, segundo Tom, por ele ter se apaixonado por uma americana que deu o fora nele – arrumou outra pessoa e o chutou. Contou que sentiu na pele o que ele fazia com as mulheres. Me pediu desculpas por ter me feito sofrer.

Falou que se achou um canalha com o que fez comigo, que na época não respeitava o sentimento das mulheres. Contou que há pouco tempo tinha se arrependido de tudo o que tinha feito comigo e com várias mulheres. Disse que brincava mesmo com as pessoas e que parecia ter recebido um castigo. Teve uma depressão profunda quando soube que Katy, a ex-namorada, estava com outra, namorando uma amiga dele. Uma grande amiga. Contou que foi traído pelas duas...

Ele disse que há seis meses estava melhor, mas que não tinha sido fácil. Teve até que tomar remédio e fazer terapia. Queria largar a faculdade, deixou de comer. Só queria dormir e mais nada. Desanimou de tudo na vida. Nada parecia interessante. Tudo sem cor.

Fiquei imaginando-o nesse estado. Tive vontade de colocá-lo no meu colo.

Já ia repetir o mesmo padrão de comportamento que tive com todos os homens que tinha tido na minha vida. Mas, como estava decidida de que não faria mais isso por nenhum homem, logo me recompus.

Ouvi Tom de forma neutra – bem... só demostrei que ouvi assim, mas estava, como disse, prestes a repetir tudo, da mesma forma.

Falei com ele da minha desilusão com os homens e que não acreditava que um homem pudesse mudar – como ele estava tentando me provar. Disse que estava cansada de viver o que vivi com ele, que depois dele vieram vários como ele.

Para mudar mesmo de assunto, lhe contei que estava indo fazer mestrado em Gestão Costeira e Marinha na Islândia, na University Centre of The Westfjords. Disse que estava vivendo um momento de investimento em mim.

Conversamos muito durante toda a tarde. Disse que queria ser independente afetiva e financeiramente dos meus pais, que trabalharia lá para me manter e que meu emprego, na própria universidade, já estava até garantido.

Na verdade, consegui uma bolsa e vou pagar só 10% do valor do mestrado, mas não lhe falei sobre a bolsa.

Contei-lhe um segredo: com 18 anos, engravidei e abortei. Falar disso é muito duro para mim. Dói até hoje pensar que fui capaz disso. Mas, ao mesmo tempo, se não tivesse feito, não teria nem feito faculdade. Sei lá... Uso essa desculpa.

Mas Pâmela, uma amiga, engravidou com a minha idade, teve Bruno e superou tudo; não deixou de estudar. Fará mestrado como eu, aqui, do lado do filho. Mas a vida dela não é muito diferente da minha.

Até hoje isso mexe extremamente comigo. Quando sinto raiva de mim, me culpo, dizendo: "Assassina! Assassina!".

Não disse isso a Tom – claro, segredo meu. Vou carregar essa navalha que me corta aos poucos dentro de mim, pela vida toda, acho.

Abortei quando soube que o meu namorado estava num barzinho com outra. A mãe de Yuri, um amigo meu, me ligou na hora em que viu. Fui até o barzinho para conferir. Ele já sabia que eu estava grávida dele, mas era um moleque.

Bom... Voltando, sem querer voltar, ao Tom: conversamos bastante, até que chegou a hora de ir para minha aula de inglês.

Nos despedimos, deixando marcado de tomarmos um vinho no final de semana.

10/02/2017

Passei esta sexta-feira pesquisando. Passei a sexta-feira olhando países pra visitar na Europa nos finais de semana e feriados, enquanto estiver fazendo meu mestrado. Nem sei se o dinheiro vai dar. Como disse, quero me virar sozinha.

Sunna, uma amiga islandesa – virtual, por enquanto, mas que logo se tornará real – que mora no norte do país, em Akureyri, quer me levar para conhecer a Noruega, ela adora esse país. A Escócia também estará bem perto de mim. A Groenlândia, nossa... Imagina conhecer isso tudo! Em duas horas e tal de voo estou em Londres ou na Escócia, posso escolher... Estou pesquisando tudo.

Sunna é um pouco mais velha do que eu.

Ela me contou que os islandeses têm os sobrenomes terminados em *sson* ou *sdóttir*, que significam: *filho de* ou *filha de*, respectivamente.

Eles não têm no sobrenome a linhagem histórica familiar, como nós. Os sobrenomes são patronímicos, o que é comum nos países nórdicos.

O último nome indica o nome do pai ou da mãe de uma pessoa, acrescido daqueles sufixos. Então, se eu tivesse nascido lá, meu nome seria Carolina Pedrosdóttir (Carolina, filha de Pedro). Meu irmão seria Cássio Pedrosson (Cássio, filho de Pedro).

Dóttir é *filha* em islandês, e *son* é *filho*. O "s" que vem antes de *son* e de *dóttir*, no nome, é o *de*. É equivalente ao que dizem em algumas cidades do interior: *Carol de Pedro*. É este o sentido. Interessante, não é? Diferente para nós.

Ela me contou que a Islândia é o país de fogo e gelo, que lá é repleto de vulcões, escritores e paisagens surreais. Em 2010, um vulcão – de nome que não consigo pronunciar e nem escrever – entrou em erupção.

Outra curiosidade legal de lá é que, por estar às margens do Círculo Polar Ártico, os dias são longuíssimos no verão e as noites intermináveis no inverno.

No mês de junho, o sol se põe após a meia-noite e nasce logo depois, às 3h. As pessoas ficam de óculos de sol o tempo todo, ela me disse.

Ontem, conversamos muito no Skype. Acredita que lá tem um feriado, o *Bóndadagur*, que celebra os maridos? A comilança é grande. As esposas homenageiam os maridos com iguarias como cabeça de ovelha, tubarão fermentado, testículo de cordeiro.

Mas há também um dia dedicado às mulheres. Também comemorado! Afinal, merecemos, claro!!!

Agora vou te contar a última que ela me contou: na maior cidade da Islândia, Reykjavík, que fica no litoral, há um museu. Adivinha de quê? De membros de mamíferos, de diversos tamanhos: pênis! Variam de 1,70 m (de uma baleia) a 2 mm (de um hamster). Tem também réplicas de membros de jogadores da seleção nacional de handebol. Que louco, não é?

Bom, nem estou me lembrando de falar de Tom. Saímos, foi divertido. Acabei ficando com ele. Foi muito bom!

Mas não quero falar mais dele. Por que será? Talvez medo de...

Ou... Falar de mim e de tudo o que tenho vivido – referente à minha vida, como a viagem, por exemplo – agora está tendo maior importância do que falar de relacionamentos?

Interessante experimentar isso pela primeira vez.

Minhas asas estão se abrindo para voar, pra me libertar, virar mulher!

Sabe o que eu descobri? Que vim pra conhecer um lugar novo, mas que o maior lugar novo que estou descobrindo é um que existe dentro de mim.

10/04/2017

Hoje me dei conta de que há muitas ruas, estradas, formas, jeitos de viver e pensar nunca experimentados por mim!

Muito tempo se passou e eu não converso com você há meses. Ando ocupada comigo mesma!

Tom voltou para casa. Tudo ficou no Brasil, inclusive o que eu era. Me sinto outra. Começo a esboçar uma Carol diferente.

Já estou na Islândia. Se lembra da Sunna? Então, ela me buscou no aeroporto.

Estou com você numa praça linda. Meu mestrado começa daqui a um mês.

Tudo já está resolvido.

Me sinto tão bem nesta fase da minha vida; uma mulher. De repente, virei uma mulher. Segura com o que quero, com quem sou.

Me sentir independente – dona das minhas ideias, da minha casa, da minha vida – está me tornando mais corajosa.

Tenho ouvido muito bossa nova e MPB, em muitos momentos do meu dia. Como essas músicas são lindas! Nunca soube apreciar as letras profundas que elas têm. Talvez porque não estivesse preparada. É preciso estar pronta para entender um monte de coisas na vida.

Agora, com 21 anos, percebo várias coisas...

Ainda tenho comigo as falas de vovó Bila. Ela me dizia assim: "muita calma pra você conseguir chegar aonde quer chegar. Se você não tiver calma, tropeça e cai. Pode ser que machuque, com a pressa e a impulsividade". Vó falava por metáforas; tinha grande habilidade para lidar com elas. Dizia isso quando me via ansiosa.

Minha mãe dizia: "coragem para conseguir o que parece ser difícil, sem coragem não se conquista nem um grão de areia". Hoje sinto que sem coragem a gente não vive, o medo toma conta e nada é superado.

Estou aqui, numa terra estranha, e me sinto tão bem! Pela primeira vez, sinto algo próximo do que deve ser felicidade.

Me sinto dona de mim, livre. Além disso, minha vida aqui continua num estilo minimalista.

Sabe o que é isso? Um estilo de viver no qual o menos é mais. Tendo menos, nos sentimos mais. É uma nova forma de encarar a vida, na qual nos desfazemos dos excessos de todo tipo: de posses, de atividades, de ideias, de relacionamentos que não trazem valor à nossa vida; é viver com o que realmente é preciso.

Já no Brasil tinha resolvido viver assim.

Não achei que eu seria capaz de viver longe da minha família. E, pra falar a verdade: que alívio!

Família é bom, mas cansa. Muita falação, muita gente nada a ver, sem noção, muita fofoca e conversa fiada. A família é grande!

Aqui, sinto uma paz... Penso e decido o que quero. Isso é paz.

Aquele tanto de voz falando na minha cabeça desorienta. Às vezes, silenciar-se torna-se algo impossível, pois você não tem sossego. Ainda mais no meu caso, pois morava com muita gente: tia, vó, primos, papagaio, gato e um passarinho que cantava dia e noite.

Não sei como esse passarinho não ficava rouco. O pobre devia ter muitas dores de cabeça, não tinha base...

Era dia e noite... Dia e noite... Meu pai adora bichos, mas isso me incomodava, era uma zoeira constante!

Nunca soube o valor que o silêncio tem. Me escuto melhor quando ouço meu silêncio interno; converso comigo mesma e muitas vezes me respondo.

A resposta vem de mim, não de vó, nem de mãe, nem de tia Anita, de tia Josefa, de tia Linda (Ermelinda) e de todas as outras mulheres presentes em minha vida.

Este período de adaptação pré-mestrado, acho que está acontecendo na minha vida para eu ficar forte, cuidar de mim, ser MULHER, fazer a travessia.

Boa pergunta: o que é ser mulher? Com 21, num país desconhecido, com uma única amiga que passou a ser real outro dia, e com um mar de possibilidades para ser desbravado, atravessado, como Riobaldo e Diadorim fazem, na tentativa de descobrir e enfrentar a terceira margem do rio. A profundidade daquilo que não se vê, que está nas profundezas...

Sunna é supersegura, uma mulher realizada. Sabe o que quer. Acho que tenho muito a aprender com ela. Ela parece entender bem dessa terceira margem, da qual Guimarães nos fala de uma forma encantadora. Ela me fala de coragem, de travessia, de enfrentamento e empoderamento.

Estou dando gargalhadas. Uma coisa me transborda, vem de dentro de mim. Deve ser felicidade. Não tem como não ser. Sinto cócegas na alma, vontade de rir, de atravessar...

Tudo está em perfeita ordem, como tem que estar. Nada de errado. Nunca senti isso antes. Só sei que é bom demais! Me sinto forte como rocha!

NANA
54 ANOS

20/09/2017

Tenho buscado explicação a respeito do que é felicidade.

A gente cresce achando que vai ser feliz quando... Passar no vestibular ou no ENEM, quando tirar carteira de motorista e sentir a liberdade de ir e vir, se deixando ser levada pelo vento que bate na cara e cantando aquela música daquela *playlist* que a gente adora.

Depois, a gente acha que vai encontrar a felicidade quando tiver, além disso tudo aí, um namorado, para depois casar e ter filhos. Quando tiver ganhando dinheiro suficiente pra fazer tudo o que a gente quiser: viajar, comprar, ter experiências alucinantes... Enfim, quando estiver se sentindo realizada.

Aqui, quando isso acontece, dá até pra sentir alegria, mas felicidade?

Ainda não. Ou é uma felicidade que brinca de ser felicidade, mas ela não dura... Ela diminui, aumenta, vai embora, fica por uns dias... Sempre muda.

Acho, então, que é mais alegria do que fe-li-ci-da-de.

Palavra grande, né? Vontade maior ainda de encontrá-la.

Aí, o tempo passa, os filhos crescem, arrumam suas vidas e, um dia, vão embora...

A casa está vazia...

Pois não só eles foram, mas tudo se foi...

Só eu que não. Eu ainda estou aqui, procurando por essa tal felicidade! Mas do que adianta estar procurando, se não me sinto feliz?

Neste momento da minha vida, sem meu marido, que faleceu, e com meus dois filhos casados, entendo mais do que nunca: vou ter que ir atrás desse caminho. Tudo foi se desenrolando na minha vida na ordem que se espera das coisas... Agora, não contava que a partir daqui... Não teria mais essa ordem. Agora eu tenho que descobrir como é que eu vou fazer...

Achava que eram as coisas que aconteciam na nossa vida que nos traziam felicidade: a faculdade, a carteira de motorista, o namoro, o casamento, os filhos, o trabalho... Esses eram os caminhos. Por isso é que a frase da vovó hoje cai pra mim como uma ficha...

Hoje me sinto sem rumo. É triste ver uma mulher de 54 anos sem rumo, mas, desde que Pedrinho se foi, tudo ficou cinza. Ele trazia felicidade pra mim.

Me lembrei da vovó dizendo: "a felicidade está no caminho, no trajeto percorrido para chegar até ela". Nunca entendi muito o que vovó queria dizer.

Do que preciso para me sentir viva?

Ainda volto aqui pra falar das minhas hipóteses sobre o que é isso, que parece tão grande e inalcançável quanto o significado da própria palavra.

Enquanto não encontro o significado dela para mim, ando pesquisando na internet o que os grandes nomes têm a nos dizer sobre a felicidade.

Encontrei uma reflexão sobre a vida que dizem ser de Clarice Lispector. É assim: "Tenha felicidade bastante para fazê-la doce. Dificuldades para fazê-la forte. Tristeza para fazê-la humana. E esperança suficiente para fazê-la feliz".

Carlos Drummond nos diz que "Ser feliz sem motivo é a mais autêntica forma de felicidade". Outra frase dele que achei ótima é: "há duas épocas na vida, infância e velhice, em que a felicidade está numa caixa de bombons".

Já Freud diz algo como "A felicidade é um problema individual. Aqui, nenhum conselho é válido. Cada um deve procurar, por si, tornar-se feliz".

Victor Hugo falava que a suprema felicidade é a convicção de que somos amados.

Vou em busca de, uma hora, no meio do caminho, parar e enxergar essa tal felicidade! Pra saber afinal, o que é a tal, onde ela está, com quem, até quando...!?

10/12/2017

Penso, hoje, depois de algumas coisas que li, que a felicidade vem mesmo de dentro. Não tem a ver com ter, com carreira brilhante, igualdade de direitos em relação aos homens, relacionamento amoroso, reconhecimento, família e saúde.

Não tem a ver com nada disso!

Felicidade tem a ver com o fato de que você, se conhecendo bem, poderá saber o que é melhor para você. E isso implica em saber o que te faz feliz na vida. Um acúmulo de alegria, concordância entre sua atitude e aquilo em que você acredita, bem-estar e paz interior. Essa pequena fórmula pode ser que traga felicidade.

Mas a felicidade também não depende só da gente. A natureza não depende de mim, por exemplo. Um vulcão pode entrar em erupção e matar meu filho e sua mulher, pois estão morando no Chile, onde há mais de 90 vulcões ativos.

Mas eu estou achando que é bem por aí, depois de tudo o que li, cheguei a algumas conclusões. Não temos total controle disso e isso afeta nossa felicidade. Ver lugares destruídos e as pessoas que amamos morrerem... Isso é imponderável!

Bem, outro dia estive na ala da oncologia de um hospital ao acompanhar uma grande amiga que está com câncer. Lá, estive com pessoas muito doentes e, ao mesmo tempo, felizes, muito mais do que várias pessoas com que tenho contato e que têm uma vida sem problemas maiores.

Sabe o que me disse uma dessas pessoas? Que ela ama viver e é isso que a faz feliz.

Talvez a felicidade esteja mesmo ligada a um amor pela vida e não a um descaso ou a um desamor pelo viver.

Tenho pensado ultimamente que parece que a gente só sabe que foi feliz depois de ter experimentado a tristeza. O que dá significado aos momentos, aos instantes em que fomos felizes é viver a tristeza. E aí a gente não sabe que está sendo feliz no momento em que isso acontece, essa consciência só vem depois.

Sabendo disso, acho que tenho dado mais valor aos momentos em que me sinto bem demais e que talvez seja isso a felicidade. Outro dia, tomei banho, fiz um café para mim e preparei um sanduíche que adoro, junto com minha fruta preferida. Isso! É isso, só pode ser... Cuidar de mim... Parece que é uma das coisas que me deixa feliz!!!

Tenho andado pela rua e admirado as cores. Nunca tinha reparado no amarelo vivo de uma flor, na brisa suave que me refresca quando sinto calor, na criança sorrindo descendo num escorregador, no som emitido pelos passarinhos, no sol que me esquenta quando sinto frio e estou sem blusa, na música da igreja que ouço do lado de fora, no abraço de despedida dos namorados...

Senti algo bem próximo daquele amor pelo viver quando me percebi presente!

Felicidade?

LORENA
25 anos

15/11/2017

Semana passada, almoçando com Betânia, encontrei Fred, aquele cara com quem tinha ficado no Carnaval.

Você se lembra do Fred?

O Fred era professor universitário do curso de Engenharia Mecatrônica, um cara muito "pé no chão" que tinha medo de se apaixonar, lembra?

Ficamos o Carnaval todo juntos. Foi muito gostoso. Ficamos todos os dias do Carnaval. Foi meio que uma paixonite mesmo: só durou o tempo que durou a folia.

Fred trabalha em São Paulo e tem família aqui no Rio. Então, logo que encontrei com ele, me veio de repente à cabeça a vontade de perguntar se ele já tinha conseguido se apaixonar. E ele me disse: "Moça, nem te conto...".

Mas Fred estava indo dar aula. Ele disse que estava morando no Rio e que me ligaria mais tarde.

Depois, ele me ligou pra contar que estava encantado por uma mulher.

Você não vai acreditar... Vou ali no banheiro, já volto!

16/11/2017

Fred me ligou cedo. Disse que tinha conseguido ser transferido para o Rio. Parecia bem feliz.

A família é daqui, te contei?

Ele me chamou para sair com ele hoje.

Não vou negar que foi muito gostosa nossa ficada inesperada no Carnaval. Claro que foi uma surpresa. Estávamos solteiros, poderíamos ter aproveitado com outras pessoas ou até sozinhos... Afinal, era Carnaval.

Na época, perguntei para ele se não tinha se arrependido de ter ficado só comigo. Ele me respondeu que não poderia ter sido melhor com nenhuma outra.

Rolou muita conversa e uma química incrível. Se ele morasse aqui no Rio, na época teria rolado algo mais profundo. Foi uma paixonite mesmo... Saíamos e voltávamos juntos para o Carnaval. Depois, ele no hotel e eu em casa, ficávamos horas conversando, madrugada adentro.

Ele é professor de Engenharia e eu sou de Matemática, ambos em faculdades federais.

Combinamos em muitas coisas, nos falamos pelo WhatsApp e por Skype várias vezes depois que ele foi embora, após o Carnaval. Fred chegou a vir ao Rio num final de semana para nos encontrarmos. Foi muito bom. Fizemos tanta coisa que tivemos a impressão de que tínhamos ficado juntos um mês inteiro.

O que aconteceu é que uma moça do trabalho do Fred, com quem ele era a fim de ficar, terminou com o namorado e eles começaram a ficar. Nesses meses, ele se afastou de mim. Me disse que precisava viver isso com essa moça.

Lembra que te disse que ele tinha medo de gostar de alguém pra valer?

Então, ele tinha esse problema. Sei que ficou alguns meses com essa moça, mas não deu certo. Voltamos a nos falar, mas com menos frequência do que antes de ele ficar com a moça. Na verdade, ele teve uma decepção com ela, ficou mal, mas não deixamos de nos falar.

Ele parecia meio deprê.

Vou te confessar que fiquei chateada, adorava falar quase todos os dias com ele.

Quando vi que voltou para a tal moça... Me deu uma coisa por dentro...

Preciso almoçar! Dou aula daqui a pouco. Vou pra cantina!

...

Almoçando na cantina, quem me aparece? Fred.

Não acreditei quando o vi. Logo ele veio me contar que tinha sido transferido para a mesma universidade em que dou aula. Faculdades diferentes – claro, atuamos em áreas diferentes! Mas estamos no mesmo campus.

Fiquei sem ar, chegou me dizendo que tinha vindo me procurar e que pensou que, se estivesse com sorte, me encontraria para almoçarmos juntos.

Na verdade, ele sabia que eu almoçava na faculdade todos os dias, pois dou aula praticamente todos os dias, o dia todo.

Conversamos muito, ele parecia estar com saudade de mim e eu também estava como saudade dele. Tivemos vontade de ficar, mas a cantina estava cheia de alunos meus... Não achei que seria legal.

Mas saímos (fomos direto da faculdade). Ele também deu aula à tarde, mas terminou antes de mim. Chegou para assistir minha última aula, se assentando no fundo da sala.

Foi ótimo.

Parecia um aluno superdotado.

É muito fera em matemática, claro!

Fomos jantar. Na ocasião, ele disse que nunca me esqueceu, que o que ele teve comigo no Carnaval, nunca teve com mais ninguém. Disse que estava se sentindo plenamente feliz, estava perto da família que ama e da mulher por quem é apaixonado.

Fiquei surpresa. Ele chegou a dar umas indiretas nas últimas vezes em que falamos, enquanto estava em SP, dois meses atrás. Mas eu achava que ele estava brincando. Mas não! Para a minha surpresa, Fred estava falando sério.

Jantamos, conversamos muito e ele foi dizendo que eu não saía da cabeça dele desde aquela época do Carnaval. Ele disse que trabalhou muito para repassar a coordenação do curso, que chegava tarde querendo falar comigo, mas que não queria me incomodar.

Bem que achava estranho, ele tinha dado pra me chamar bem cedo no WhatsApp, antes de a aula começar.

Contou da mulher de quem era a fim, mais precisamente da decepção que teve com ela: era casada, dizia que não era e não usava aliança.

Na verdade, ele disse que nem sabia o que sentia por ela, só sabia que era "a finzão" dessa moça – coisa de homem que quer saber o que uma mulher tem quando ela parece misteriosa.

Ele me falou: "Adoro mulher misteriosa, como você, mas gosto de mulher honesta, sincera. A Cleide não foi comigo. Sei que você é". Fiquei sem fôlego.

Passamos a noite juntos! Foi maravilhoso! Falava o tempo todo que ele achava que eu era a mulher da vida dele. Que comigo não sentia medo de nada. Que isso veio desde o Carnaval, por isso não me largou. Disse que queria falar pessoalmente aquilo tudo.

Estou empolgada, mas com um pé atrás... Os homens de hoje em dia nos surpreendem muito. Não sabemos bem o que eles querem.

Mas sinto que ele também está sendo sincero comigo. Não dá pra fingir assim, é muito real. Ele é um amor comigo. Sinto que gosta mesmo de mim. Gosto dele e temos tudo a ver um com o outro.

Vamos ver no que vai dar!

25/11/2017

Tive alguns namorados. Tenho um problema sério: perdoo fácil. Mas como diz aquela música do Vinícius de Moraes: "o perdão também cansa de perdoar". *Preciso que o meu canse!*

O que acontece comigo é que relevo facilmente as coisas; esqueço e perdoo. Isso tem um lado bom: sofro menos; mas também tem um lado ruim: o outro se lambuza com isso e acha que pode fazer o que bem quiser, porque vou entender e deixar pra lá.

Não quero que o Fred saiba disso em mim.

Depois de muito tempo, percebi que os caras meio que usam mesmo isso para fazer o que querem. Ser boazinha demais traz consequências para nossa vida.

Com Fred tem que ser diferente.

Adoro Vinícius. Ele diz, numa outra música, que a mulher tem que ter uma beleza que vem da tristeza de se saber mulher feita apenas para amar, para sofrer pelo seu amor e ser só perdão. Amo tudo o que ele escreveu e cantou, mas discordo quando ele diz que a mulher tem que ser só perdão.

Não! Mulher que é só perdão aceita tudo. Sofre também.

E aceitar tudo não é se amar. É amar, o tempo todo, os outros.

Sabe o que Fred tem e que eu adoro? Fred chora. Adoro homem que admite ser sensível. Noutro dia, quando tínhamos acabado de transar e ele falou de seu pai, tinha nos olhos uma expressão de felicidade, mas, ao mesmo tempo, duas lágrimas rolavam pelo seu rosto.

As pessoas que têm coragem de se mostrar frágeis me fascinam! Hoje em dia, todo mundo precisa mostrar que é forte, feliz, que não tem problema. Isso não é próprio do humano. Detesto *pessoas freezer* ou pessoas que vivem numa bolha de fantasia. Ou ainda... Pessoas que são medíocres.

É por isso que Fred me atrai. Ele não é nada disso que eu detesto nas pessoas.

EDRA
26 ANOS

22/06/2017

Saímos. Nos conhecemos pela internet. Foi muito bom desde o início. Ele não sabe da minha profissão. Tenho um filho de nove anos. Fui criada por pais adotivos, tenho hoje vinte e seis anos e não conseguia emprego.

Minha vida sempre foi estranha. Nunca soube dos meus pais, nem do motivo por que não me quiseram ou não puderam me criar...

Fui adotada por uma mulher que teria um casal de gêmeos, mas só o menino nasceu com vida. Hoje, esse menino é meu irmão, que eu amo.

A dúvida em relação aos meus pais biológicos me acompanha durante toda a minha vida, mas ela vem diminuindo de uns tempos pra cá. O problema é que tenho medo de ser rejeitada de novo pelas pessoas e isso me mata.

Fico insegura quando tenho que revelar alguma verdade da qual as pessoas possam não gostar.

O problema é que tenho vários segredos...

Então, te disse antes que estava sem emprego. Mês passado uma amiga me deu de presente um curso de massagem numa clínica bem conceituada em São Paulo e eu aceitei.

Para a minha sorte, na clínica em que fiz o curso me ofereceram uma vaga. Precisava comprar algumas coisas para meu filho e não tinha como, com o pouco que eu tinha.

Minha família é bem humilde: meu pai ganha para pagar as contas de casa e minha mãe faz salgados por encomenda.

Hoje faço massagens, mas a gorjeta é maior se faço mais do que só massagem, quando dou um "agradinho" relaxante no final para alguns clientes VIP.

Thiago é um empresário no ramo da moda. É um cara legal demais comigo. Tenho receio de falar com ele do que faço, que tenho meu filho e que minha vida não é nada do que ele espera.

Estamos nos encontrando já há sete meses.

Não sei o que fazer.

Só sei que estou muito a fim do Thiago. É muita coisa pra falar...

Acabo sempre mentindo para meus namorados desde o início do namoro: sobre a adoção, sobre o meu emprego de verdade – antes eu era faxineira de um prédio.

Nunca consegui contar a verdade a eles. Mas sinto que com Thiago terá que ser diferente.

Não pretendo ficar nesse tipo de trabalho. Mas é o que tenho hoje.

26/9/2017

Outro dia Thiago veio jantar aqui em casa, veio conhecer meus pais. Fizemos três meses de namoro.

Eles são bem diferentes de mim. Sou negra e eles são muito brancos. Meu pai é descendente de alemão e minha mãe de italiano. Então meu irmão também é bem claro, de olhos azulados.

Eu trouxe pouquíssimos namorados aqui em casa, exatamente porque dá na cara que não sou filha biológica dos meus pais.

Acho que, na verdade, faço isso com os caras com quem quero ter algo mais profundo, e essa é uma forma de facilitar o entendimento deles.

A pergunta que não cala vem logo depois do encontro. Acontece com todo namorado.

Com Thiago não foi diferente. Contei pra ele toda a verdade. Aliás, um terço da verdade.

Armando, meu filho, tinha ido dormir na casa de um coleguinha. Vai faltar contar esse segredo e o outro, da minha profissão.

Bom, esse da profissão, não vou contar... Ele vai terminar comigo. Tenho que arrumar outro emprego...

Estou muito apaixonada por ele. Thiago é atencioso, carinhoso, prestativo e preocupado comigo. Outro dia estava chovendo muito e ele me ligou para saber se eu já tinha chegado em casa. Achei tão lindo!

Ele me liga na hora do almoço para saber se estou comendo coisas saudáveis, me dá roupas – das lojas dele – de vez em quando.

Thiago também tem segredos, ele me falou no mesmo dia em que contei pra ele sobre a adoção, no dia do jantar. Mas vai me contando aos poucos. Senão, desisto dele, ele diz.

Fiquei curiosa pra saber o que deve ser. Isso me deixou bem ansiosa, porque me fez imaginar um monte de coisas: será que é casado? Será que é também adotado? Será que também tem filhos? Pode ser divorciado... Pode não ser empresário...?

Sei lá.

O jeito é esperar pra saber o que é!

...

Voltei, ele me contou um dos segredos. Adivinha o que é?

Veio me perguntando se eu tinha vontade de ter filhos.

Pensei: será que ele não é fértil?

Thiago me perguntou se eu queria ter filhos e, se tivesse, se eu preferiria ter menino ou menina.

A cada pergunta, mais questões iam surgindo na minha cabeça.

E me contou, depois disso tudo, que ele tem dois filhos. Um de 10 e outro de 15 anos: Tomás e Arthur.

Aos poucos, me contou que teve Arthur, o de 15, com 20 anos. Teve-o com uma namorada que ficou com ele desde os 17 anos. Foi muito apaixonado por ela, que foi a primeira namorada dele. Sobre Tomás, me contou que é filho de sua ex-mulher.

Não sabia que ele tinha sido casado, por 12 anos.

Nossa! Muita coisa...

Podia ter aproveitado e falado com ele do meu filho. Mas não achei que era a hora.

Ah! Agora que lembrei: o filho mais velho mora com ele. Thiago disse que a mãe é doida.

Fiquei meio sem ação, não sabia o que dizer... O que pensar...

Outro dia li uma frase muito bacana: "Quando alguém julgar o seu caminho, empreste a ele os seus sapatos".

Nós dois temos nossos caminhos. Em nossas vidas aconteceram muitas coisas antes de nos conhecermos. Essa frase veio na minha cabeça quando pensei: "Quando souber que tive meu filho com 17 anos, vai me entender. Ele também teve filho novo e deve ter passado por momentos difíceis como eu... Não vou precisar emprestar os meus sapatos, neste caso".

Vou precisar fazer isso!

E se ele não entender a minha profissão, se eu resolver contar a metade? Pois o que faço depois da massagem, ele jamais poderá saber... Homem nenhum suportaria isso.

5/10/2017

Há dois dias estou atordoada...

Thiago foi me fazer uma surpresa na clínica e Charlene, a dona, perguntou a ele que tipo de massagem ele queria comigo.

Ele, assustado e achando aquilo estrando, perguntou a ela: "Como assim?". Ela explicou.

Charlene me contou que ele saiu de lá voando.

Thiago sumiu! Não consigo falar com ele. Não o encontro em lugar nenhum.

Deve ter pedido para o pessoal do serviço não dar notícias dele para mim. Todos que atendem dizem não saber.

Bem feito pra mim!

Quem mandou eu não resolver isso logo? Podia ter deixado o outro tipo de massagem.

Agora chora!

3/11/2017

Hoje está fazendo um mês que Thiago descobriu tudo e sumiu.

Larguei o emprego um dia depois de ele ter ido até a clínica de estética.

Na semana passada Thiago me procurou: quis explicação, claro!

Ele voltou de São Paulo. Ficou, de lá, administrando a empresa; me disse que quis sumir porque teve uma grande decepção (não era para menos).

Mas Thiago me perdoou e disse que me ama, mas que não consegue mais ficar comigo. Ele disse também que não sabe como vai fazer, porque eu não saio de sua cabeça.

Pedi outra chance.

Ele não aceitou. Não quer. Está irredutível.

Estou desesperada! Também amo esse homem. O quê que eu faço? Perdi Thiago...

Estou trabalhando num escritório de advogados. Pelo menos isso está resolvido: arrumei emprego. Preciso arrumar um jeito de contar tudo ao Thiago, mas é tão difícil pra mim...

Minha vida acabou... Ficar sem o amor de Thiago é o fim. Ele é o homem que eu sempre quis.

Estava tudo combinado para eu conhecer os seus filhos.

Eu tinha estabelecido para mim que lhe contaria sobre Tomás naquele dia em que foi à clínica, de noite. No jantar, com jeito, contaria que também tinha um filho.

Tudo foi por água abaixo.

O mais difícil era ele me perdoar, embora dissesse que tinha me perdoado, óbvio. Mas disse que não conseguia ficar comigo. Deveria estar com nojo. Eu também sentiria nojo se soubesse que ele fazia com mulheres o que eu fazia com homens...

Agora até eu estou com nojo de mim. Arrisquei demais. Se queria esse homem, não podia ter continuado fazendo o que fazia.

Você é uma burra mesmo! Não merece um homem como Thiago. Ele também não merece umazinha como eu, que faz esse trabalho nojento por dinheiro.

Eu devia ter largado essa merda de emprego antes de essa tragédia ter acontecido.

O pior: ainda não contei aos meus pais. Para eles, Thiago está viajando. Como lhes conto a verdade?

Estou completamente perdida. Merda.

10/11/2017

Hoje foi um dos dias mais surpreendentes da minha vida. Thiago apareceu cantando uma música que eu amo:

> Vento solar e estrelas do mar
> A terra azul da cor de seu vestido.
> [...]
> Se eu cantar não chore não
> É só poesia
> Eu só preciso ter você
> Por mais um dia
> [...]
> Ainda moro nesta mesma rua
> Como vai você?
> Você vem?
> Ou será que é tarde demais?
> Meu pensamento tem a cor de seu vestido
> Ou um girassol que tem a cor de seu cabelo?
>
> Você ainda quer morar comigo?

"Claro! Eu sempre quis", respondi sem pensar. Meu sentimento por ele dispensa qualquer ato racional. Ele me basta.

Ele me quer. Ele me ama!

JÚLIA
42 ANOS

17/03/2017

Tive um filho.

Hoje, Murilo tem 15 anos. Não é fácil ser mãe de adolescente!

Murilo é tudo o que tenho. Perdi tudo na vida.

Bem... Tudo não, né?! Tenho ele.

Quero dizer que perdi meus pais e um irmão. Depois, perdi meu marido, de infarto, quando Murilo tinha dois anos. Há 13 anos, somos só nós dois.

Ele é um menino muito especial. É autêntico com as pessoas. Seus colegas adoram vir aqui em casa. Ele praticamente não fala de meninas comigo. Fala mais dos colegas. Fala apenas de Melissa, uma colega de sala.

Ele observa muito a vida dos colegas e sempre fala deles – sempre que fala comigo, na verdade, pois tem adorado ficar em seu quarto, escutando música, estudando, jogando.

"Deslumbrante" é uma palavra que não sai da boca dele. Eu também a uso muito.

Murilo diz que Melissa é demais, que ela não se interessa por meninos "que se acham", desconectados e fúteis, e que ela é deslumbrante. Dá para ver o quanto ela o deixa perplexo, de boca aberta.

Ele é sensível, agradável, dá notícia de tudo, adora ler. Tem um bom gosto impressionante.

Murilo conversa muito tempo no WhatsApp com Melissa. Às vezes, passa de uma hora. Fala comigo do que Melissa gosta nos meninos. Observei que, na grande maioria das vezes em que fala dos meninos, se refere aos defeitos deles. Não entendo o porquê disso.

Mas Murilo tem um amigo, o Ítalo, que, segundo meu filho, não tem defeitos. Difícil de entender!

Sinceramente, o tempo passa e não sei qual é a do Murilo. Será que ele gosta do Ítalo?

Se gostar, não tem o menor problema para mim. Quero que ele seja feliz.

Um dia desses, Murilo comprou uma caneta para o Rafa, um grande amigo. Era aniversário dele. Esse menino também é bem bacana, carismático, e gosta de tudo arrumado. É todo certinho. Murilo dizia que Melissa parecia gostar do Rafa.

A turma toda é muito entrosada, são seis meninos e três meninas, sem contar com Murilo. Todos do grupo dele dão presentes nos aniversários.

Comemoram juntos, sempre no mesmo restaurante. Vejo que Murilo volta bem feliz desses encontros. Adoro vê-lo satisfeito e animado. Sinto que estou cumprindo bem a minha missão. Isso me deixa feliz, por ele e por mim.

Não entendo as relações que esses jovens estabelecem entre si e com as pessoas de modo geral. Dominam a tecnologia de uma forma surpreendente, são extremamente críticos, exigentes, autodidatas, e não seguem hierarquias (ou as acham desnecessárias, sei lá). Parece que todos são assim. Devem ser características próprias da geração.

Minha irmã tem uma filha de 17. Ela e a turma toda não fogem à regra.

Preciso de alguém que me explique!

Pensando bem, não preciso, posso estudar isso. Minha primeira graduação foi em Sociologia.

O que será que está acontecendo? O que esses meninos pensam? De quem ele é a fim? Não fica claro pra mim. Será que está claro pra ele? Vou apoiá-lo em sua escolha, seja lá qual for!

Mas não sei como fazer, o que dizer, nem como devo lidar com isso. Estou, pela primeira vez, sem saber como fazer com meu filho. Estou desorientada. Tenho que buscar informação.

Me interesso pela vida dele. Já passei por isso. Fui uma adolescente confusa e sei que essa fase é conturbada!

Nossa, acabei de lembrar que, quando tinha 17 anos, eu e...

Tenho que buscar Murilo no inglês. Volto depois pra contar mais.

21/3/2017

Comecei a pesquisar sobre a geração Z. Estou *out* da Sociologia já há algum tempo. Estou em outra carreira há quase 15 anos – mesmo tempo de existência do meu filho.

Quando ele nasceu, comecei a pintar. Era um hobby que virou minha profissão.

Fiz Belas Artes e hoje pinto quadros, vendo em sites e em vernissages.

Bom, vamos lá: matando a saudade da minha época de socióloga!

Descobri que a Geração Z surgiu posteriormente à Geração Y. Ela é caracterizada por pessoas que nasceram, em média, entre meados da década de 1990 até o início do ano de 2010. Surgiu junto com o avanço das novas tecnologias, do mundo tecnológico ou virtual.

Por isso, eles têm a habilidade de usar várias tecnologias ao mesmo tempo.

Está explicado porque Murilo acessa a internet, escuta música, vê televisão e às vezes estuda – tudo isso ao mesmo tempo. Não conseguia entender isso. Agora ficou claro.

Então, pelo que entendi, há um novo modelo de sociedade. Uma sociedade mais virtual do que real.

Essa geração é completamente diferente das outras, são mais capacitados que as anteriores, principalmente em relação à habilidade para manipulação de aparelhos tecnológicos. Isso fica evidente para qualquer pessoa que tem contato com essa geração.

Fiquei muito feliz de saber que tenho um filho que faz parte da primeira geração a amadurecer na era digital. Ela é também chamada de geração digital ou, por outros, de "geração líquida".

Li – e achei ótimo! – que essas crianças foram banhadas em bits. Diferentemente de mim, que temo as novas tecnologias.

Sobre suas características, descobri, nas minhas pesquisas, que essa geração manifesta uma incontida rapidez.

Pensei: "O que será de uma sociedade movida com essa enorme rapidez? Como será a atuação deles na sociedade num futuro não muito longínquo, tendo que conviver com gerações tão diferentes da geração deles? No que vai dar isso?"

Foi muito bom saber que a chegada dessa geração está causando um salto geracional. Estão superando os pais na corrida pela informação.

Pela primeira vez, são eles, os filhos, as autoridades na sociedade, e não os seus pais.

Então, o fato de dominarem com maior facilidade aparelhos que seus pais, em sua maioria, pelejam para manusear, lhes dá poder em relação a esse saber, que é um saber completamente valorizado na era em que vivemos – da tecnologia, da globalização.

Por isso, Murilo e seus colegas se acham. Eles sabem de coisas que nós, adultos, não sabemos mesmo. E eu percebo que não é só no mundo digital – pelo menos a turminha daqui dá notícia do que acontece no mundo todo; fica sabendo mais rápido do que nós.

Converso muito com os pais de todos. Temos um grupo. E eles falam muito disso, de que são os filhos, muitas vezes, que trazem informações fresquinhas para a casa.

A Geração Z é um tema novo nas Ciências Sociais. Essa geração contribuirá inegavelmente para que uma porção de mudanças ocorra no corpo social. Ela é responsável pelo futuro da nossa sociedade – de uma sociedade completamente informatizada.

Estamos diante de pessoas extremamente diferentes em relação às relações sociais. Li que suas comunicações têm lugar é na internet. Há pouca comunicação verbal entre eles. Tudo acontece de modo rápido e prático. Estudam vendo videoaulas e fazem todos os seus trabalhos pela internet, escutando músicas através das rádios on-line etc.

Agora, cá pra nós: não são só os jovens que estão se comunicando mais pela internet, sabemos muito bem disso.

Está explicado o porquê de Murilo não gostar de visitar as pessoas. Li que eles se comunicam mais virtualmente do que conforme a convivência, já considerada antiga (mas que eu ainda uso), de visitar, indo à casa dos familiares e amigos.

Os seus meios de comunicação estão em outro patamar: comunidades virtuais e redes sociais. Visitam uns aos outros assim: ele aqui e um amigo em Tóquio, outro na Inglaterra, e assim vai...

Me lembrei daquele brilhante sociólogo e filósofo polonês, Zygmunt Bauman, que fala, em um de seus livros – *Modernidade Líquida* –, que da sociedade contemporânea emergem a fluidez, o individualismo e a efemeridade das relações. Ele nos diz que "vivemos em tempos líquidos, nada foi feito para durar".

As relações humanas entre esses jovens são assim, em sua maioria: líquidas, se esvaem num clique no celular ou no computador. Passam a ser e deixam de ser amigos em dias, minutos ou segundos.

Com um toque numa tecla, alguém pode "deixar de existir".

Soube pelos sites pesquisados que a geração Z representa quase 32% da população global. Observamos, assim, que é uma significativa parcela da população que está envolvida nesse novo convívio social, o qual promoverá mudanças na sociedade.

Acredita que fiquei sabendo que e-mail é coisa antiga para eles?

Usam o celular para mandar textos, navegar na internet, achar o caminho, tirar foto e fazer vídeos. Mensagem instantânea e Skype são os planos de fundo em seus computadores.

Do que pesquisei, o ponto de que não gostei é que eles apresentam uma expressiva carência quando se trata de relações humanas; são pobres em habilidades interpessoais e podem não dar muita importância aos valores familiares.

Bem, é muita coisa. Se ficar aqui falando de tudo, farei uma monografia.

Mas o fato é que meu filho faz parte dessa geração que eu desconhecia. Agora entendo tudo. Bem... Quase tudo.

A questão sexual continua uma incógnita pra mim. Não cheguei a ler sobre esse tema. Ainda farei a pesquisa sobre a sexualidade.

26/03/2017

Murilo veio me contar de algumas coisas que descobriu sobre si.

Lendo um livro que falava sobre adolescência, Murilo conseguiu entender muitas coisas sobre a própria vida.

Veio me dizer que os adolescentes, em sua maioria, se afastam dos pais e se aproximam muito dos grupos ou dos amigos para encontrarem sua própria identidade.

Como se os pais permitissem isso, ele brincou comigo, sorrindo: "Será por que, né, mãe?". Murilo sempre diz que eu falo demais na cabeça dele, tirando, muitas vezes, sua liberdade.

Me disse que tem mania de se comparar aos colegas. O que não acha legal neles, ele descarta para a sua vida. "Poucas coisas vejo que servem para mim. Por exemplo, o jeito do Igor me admira".

Nesta hora, pensei: "É agora, ele vai me contar...".

Mas, surpreendentemente, continuou falando que sente ciúme de Melissa com Igor, apesar de achar que ela gosta mesmo é do Rafa.

Aí tudo embananou... Minha cachola esquentou!

Pensei comigo: "Calma, Júlia! Escuta seu filho sem tirar conclusões precipitadas". Fiquei vidrada nele falando, tentando juntar suas peças...

Foi bem hilário, mas não sabia o que dizer. Fiquei literalmente engasgada. Foi uma mistura de emoção por ver meu filho se descobrindo, com insegurança, com receio, com um monte de sentimentos juntos...

Perece que, às vezes, rememoro essa época da minha vida com Murilo. E sou tomada de lembranças... O que percebo me impede de ouvir tudo o que ele quer falar e, muitas vezes, o corto no meio de uma fala.

Mas vamos lá...

Estou precisando escrever. Isso que faço com você organiza minhas ideias.

Murilo disse que queria que Melissa gostasse dele, mas que "ela não saca ele". Disse assim.

Perguntei se já falou alguma vez para Melissa que gosta dela. Ele falou que não. Perguntei: "Por quê?". Ele disse ter medo de ela se afastar dele... Aí não teria nem a amizade dela.

Mas veio me perguntar se eu achava que ele deveria fazer isso.

E eu respondi sem pensar: "Claro"!

(Já pensou se dá tudo errado e a menina se afasta dele? Estou ferrada.)

...

Murilo teve a tal conversa com Melissa.

Ela disse que sempre gostou dele, mas que tem medo de a amizade acabar caso não deem certo como namorados.

Conversaram muito, fizeram combinados.

Ele chegou dando pulos de alegria. Começaram a namorar!!!

Estou feliz em vê-lo feliz!

Tanto sufoco, tanta busca para entender meu filho... Sou grata por ele ter um bom diálogo comigo. Sou grata por ele estar vivendo a adolescência dele como tem que ser: curtindo e se descobrindo com os amigos e, agora, com Melissa.

Se eu contar pra alguém da pesquisa que fiz para entender Murilo, vão chorar de tanto rir de mim.

Me sinto em paz com tudo esclarecido. Fiquei achando que, por ter perdido o pai cedo, Murilo só tivesse mesmo os amigos e suas famílias em quem se espelhar. Mas, pelo visto, tudo correu bem em relação a essa perda.

Ele é um menino feliz e sabe muito bem o que quer.

Falar de Murilo é quase a mesma coisa que falar de mim. Ele é o significado maior da minha vida. Aprendo muito com ele – inclusive, que tenho limites como mãe.

Outro dia, ele me disse: "mãe, preciso ficar sozinho". Falava ao celular com Melissa. Eu achei que pudesse ficar no quarto como sempre fiquei, quando queria.

Ser mãe de criança não é igual a ser mãe de adolescente. Temos que ter limites.

Está vendo?!

Disse, há pouco, que falar dele é o mesmo que falar de mim.

Não, não pode ser mais assim! Ele tem desejos diferentes dos meus, sabe muito bem o que quer em muitos aspectos que independem de mim.

Acorda, Júlia, seu filho cresceu! Está na hora de sair de cena.

Cai na real, Júlia!!!

NICOLE
15 ANOS

13/06/2017

Minha mãe dá aula na Faculdade de Direito. Ela me teve quando tinha 30 anos.

Desde que conheço minha mãe, há 15 anos, eu admiro ela demais. Cara, minha mãe é superextravagante, exótica, malha horrores, tem um corpão, tipo... De menina de 15 anos. Nuh!

Eu tenho 15, puta merda! Cara, tipo assim... Meu corpo é mais feio do que o dela. Puxei o corpo da família do meu pai: eles têm uma banha localizada no abdômen.

Minha tia, irmã gêmea da minha mãe, que foi para o mundo nova – tipo, vi ela umas três vezes – tem essa gordurinha também, mas bem menor que a minha.

Cara, não... Cê não faz ideia de como minha mãe é charmosa. Tipo, mulher gostosa, saca? É uma puta advogada, ganha um monte de causas, tipo... Processo hard.

Ela vira a noite lendo processos de mais de 1000 folhas.

Minha mãe é uma mulher que, tipo assim... Nunca vi nenhuma igual. Admiro ela demais. Não é à toa que ela tem a palavra "vitória" em seu nome: Ana Vitória.

Matheus veio jantar aqui semana passada. Ele é aluno dela, tá no quinto período, sei lá... Acho que tem tipo... 20 anos. Fiquei de cara!

Filó, minha poodle, gostou demaisss dele.

Estávamos nós três na mesa e os dois só falavam de imputa... Impubilidade... Não... Lembrei! Não é nada disso. É inimputabilidade de crime, tipo isso. Mas... Rolava um clima, senti que rolava.

Depois que Matheus foi embora, perguntei pra minha mãe se estavam... Ela fez uma cara, tipo... "Você não tem que saber disso agora!", saca?

Nossa, dormi pensando em como Matheus deve ser gostoso na cama.

Sonhei que ele, durante o jantar, deixava de olhar para minha mãe e ficava olhando só para os meus peitos soltos numa camiseta branca.

Não sabia que era um homem que ia jantar lá em casa. Por isso, acabei não trocando de roupa – eu estava mesmo de camiseta, sem sutiã.

Minha mãe me disse que uma pessoa vinha jantar com a gente. Cara, tipo... Nunca pensei que fosse um deus grego daquele. Achei que fosse uma das amigas da minha mãe, que sempre vêm aqui em casa.

A verdade é que ele não tinha olhos pra mim, tipo... Ele babava na minha mãe. Ela levantava e ele, com os olhos, seguia todo o corpo dela, solto num vestido de malha branco que ela adora usar em casa.

Tenho certeza de que ela estava sem calcinha. Minha mãe é do tipo que sente incômodo com tudo. Chega do trabalho e a primeira coisa que tira é o sutiã, dentro do elevador mesmo.

Um dia, foi muito irado.

Ela estava com um daqueles sutiãs que armam os seios. Ela desabotoou e ele subiu pra cima da camiseta que usava, quase chegando ao pescoço.

Cara, fiquei de cara. Ela me contou que o Sr. Clóvis, nosso vizinho de porta, entrou no elevador e tipo... Olhou pra ela com uma cara de... "Essa mulher é louca"... E tipo, ela ficou sem graça horrores.

KKKKKKKK

Ela só percebeu quando se virou para ver no espelho o que tinha de errado com ela.

Ela estava cheia de sacola na mão: isso é o que foi pior! Não deu pra fazer nada.

KKKK

Contamos pra Rita, nossa secretária aqui em casa. Ela ficou 10 minutos rindo sem parar. Foi cômico! Rimos até falar chega!

Cara, tô fudida! Quê que eu faço? Não paro de pensar, imaginar e sonhar com o aluno da minha mãe, que eu acho que está tendo um caso com ela e que está de quatro por ela.

Ele tinha um cheiro... Um cheiro de homem gostoso, saca? Cheiro cítrico, misturado com vinho... Hummmm!

Que merda! Tô ferrada!

Foca, Nicole! Bora estudar!!!

20/10/2017

Você não vai acreditar onde estou, meu amigo!

Pedi minha mãe para te trazer pra mim. Tem, tipo... Mais de quatro meses que não falo com você!

Mano, tô no hospital, mal demais. Tipo, tudo aconteceu de um dia para o outro. Senti uma dor de matar do lado direito da minha barriga. Me deu um enjoo. Vomitei demais. Tive febre.

A dor, nuh... Não desejo a ninguém, nem ao meu pior inimigo. Achei que eu fosse morrer.

Foi Rita que me trouxe, porque minha mãe estava na facul. Ela me encontrou em casa, viu que era grave e pediu, de lá, uma ambulância.

O problema, cara, é que esse foi só o começo do meu caos. Minha vida está de cabeça para baixo (a minha não, a da família inteira, saca?).

Estou no hospital há muito tempo, porque tive apendicite supurada – que é o rompimento do apêndice inflamado.

Os médicos disseram que, por pouco, não morri. O apêndice expele pus e carrega bactéria pra todo lado, além de poder extravasar fezes... Me salvei dessa! Estou aqui, mas eu achei que fosse morrer com a dor que eu tive.

Não sei bem o que aconteceu com meu apêndice. Só sei que foi uma correria! Eu desmaiei de dor e vim de ambulância para o hospital.

Cara, tô mal... Isso é o começo, a primeira parte da história trágica. Agora estou com um problema mais grave ainda.

Aqui no hospital desenvolvi uma insuficiência renal.

Depois de uns dias me recuperando da apendicite, comecei a ter inchaço nos pés, tornozelo e pernas. Minha cabeça ficou confusa, tive náusea e vômito. Deixei de fazer xixi e só inchava.

Resolvi um problema e logo o outro, mais sério ainda, apareceu. O médico vai tentar resolver a insuficiência renal com hemodiálise, mas pode não dar certo.

Saca o que é isso?

Sério, é muito sério. Posso morrer.

Vou precisar fazer transplante de rim, se a hemodiálise não der certo.

...

Fazer hemodiálise é ruim demais! Fiz algumas sessões.

...

Mano, é muito triste ver que você está avacalhando com a vida das pessoas que você ama.

Minha mãe e minha avó ficam aqui comigo dia e noite. Às vezes, umas primas. Minha tia Angélica, a gêmea da minha mãe, que não vejo há muito tempo e que mora em Curitiba, está vindo me ver.

Tipo, a família paralisou diante de mim, com meu problema.

É desesperador ficar tanto tempo num hospital. Estou na ala de pessoas que têm insuficiência renal: muitas aguardam um transplante de rim, outras vêm para fazer vários tratamentos.

Só sei que dói ver minha mãe escornada na cadeira o dia inteiro aqui comigo. Ela praticamente mora aqui. Parou a vida dela por mim.

Tem hora que nada serve, nem Insta, nem Face, nem nada... Sinto uma tristeza sem fim dentro de mim.

Cara, tô tentando ler livros. O tempo aqui não passa; tudo dura uma eternidade: os exames, o mal-estar, a impaciência, a dor no corpo de ficar deitada ou assentada. Ando... Mas não melhora nada.

A única coisa que me anima, às vezes, é quando aquele aluno da minha mãe vem me visitar.

Lembra que te contei do dia do jantar e que fiquei apaixonada por ele?

Então... Matheus vem aqui de dois em dois dias.

Converso com umas pacientes – a maioria é bem mais velha do que eu. Mas, tipo, damos força aqui umas às outras.

Outro dia, o pai de uma adolescente, internada como eu, trouxe para mim umas flores. Eu fiquei contente, mas elas não coloriram meu dia.

Nada deixa de estar cinza... Agora mesmo, estou escrevendo e chorando...

Ao mesmo tempo em que me anima ver o Matheus, sinto vergonha dele... Estou amarelada, muito feia. Emagreci muito. Perdi totalmente a vontade de comer.

Também me incomoda ver minha família toda triste. Eles tentam me animar, mas sei que está todo mundo preocupado.

Tá foda!

...

Nem sei que dia é hoje, o tempo aqui não passa.

Resolvi tentar não ficar atenta aos dias, senão eu enlouqueço. Estou aqui vai fazer quatro meses, já. Tipo, arrasada.

Os médicos não estão vendo o resultado esperado na hemodiálise; acham que vou precisar mesmo do transplante.

Pediram minha mãe para fazer o exame para ver se ela é compatível.

Daqui a, no máximo, oito dias, sai o resultado. Tem que rezar!

Nessas horas, Deus é que salva a gente do desespero. Nunca conversei tanto com Deus!

...

Saiu o resultado da minha mãe, estamos todos esperançosos.

Tomara que dê certo. Se ela, que é minha mãe, não for compatível... Quem vai ser?

O médico entrou no quarto agora, trouxe o resultado. Vou fechar o notebook.

Volto depois pra te falar...

...

Já voltei!

Minha mãe não é compatível, não pode doar um rim dela pra mim!

Estou muuuiittto triste.

Não vou conseguir escrever. Estou cansada, deprê, desgastada, fraca.

Nunca me senti assim, tipo... Conviver com a incerteza é muito bosta.

Minha tia – aquela irmã gêmea da minha mãe de quem te falei, que sumiu da família – chegou. Nem sei por que ela veio. Muita coisa aconteceu na família e ela nunca apareceu, até mesmo quando um primo delas morreu.

Ela já veio aqui, tipo assim, entrou no quarto chorando; disse que no ônibus, vindo pra cá, sonhou comigo e que o sonho tinha abalado ela.

Cara, minha mãe pediu para ela fazer o exame para ver se é compatível comigo, ela aceitou. Achei que nem ia querer fazer.

Está lá agora, fazendo.

Agora... Serão dias de ansiedade até a saída do resultado. O da mamãe demorou uma semana.

...

Ontem passei o dia sem vontade de comer, sinto muito sono, dor.

No final do dia, adivinha quem veio me ver? Não acreditei, fiquei de cara.

Matheus veio me visitar, deitou a cabeça dele no meu braço e me contou um trecho de um livro (*A culpa é das estrelas*).

A parte que ele leu me fez muito bem, me deu força. Mas não quero falar disso agora.

...

Tia Angélica chegou aqui.

O resultado do exame sai em oito dias. Ela estava mais animada.

Estava triste demais quando chegou. Disse que vai me contar do sonho daqui a uns dias. Foi lindo.

Ela se parece bem com minha mãe, apesar de não serem gêmeas idênticas. Tem uma diferença, tipo, gritante: ela é mais insegura; minha mãe é guerreira, muito forte.

Hoje estou com ânsia. Vomitei muito.

8 dias depois do exame que tia Angélica fez,

Dr. Izaque, que é novo para nós (a equipe é grande), chegou e disse: "a mãe é histocompatível com a filha". Minha mãe olhou para minha tia e ficaram (saca?) uns cinco minutos sem saber o que falar.

O médico disse: "A tia não foi, mas a mãe é. Podiam ter indicado inicialmente a mãe".

Não entendi nada. Achei esquisito. O clima ficou hiper, mega, superpesado.

Ficou uma mistura de alegria com surpresa! Estranho!

Será que minha tia não quer doar? Não duvido. Ela é meio desmiolada. Ninguém falou com o médico que ela é minha tia e não minha mãe. Deveriam ter falado. Não se pode omitir informação aqui no hospital. É uma regra!

Logo na sequência, Matheus chegou com dois presentes (um deveria ser para mim).

Todo mundo saiu do quarto com aquela cara de assustado, mais do que de felicidade, e eu fiquei só com ele.

"Minha tia e eu temos histocompatibilidade. Sabe o que é isso? Os tecidos da minha tia são compatíveis com os meus. Ela pode ser a doadora", contei para ele. Comemoramos juntos. Ele deu aquele sorriso que me mata. Ele é lindo! Até que me senti feliz – mais com ele do que na hora que o médico anunciou o resultado do exame.

Como te disse, foi estranho! O médico achou que tia Angélica fosse minha mãe. Minha mãe ouviu o médico falando isso e não disse nada.

Não entendi! Ela tinha que ter esclarecido.

Bem, voltando... Matheus me disse que não sabia o que me dar de Natal. E eu disse...

Você não acredita o que eu fui capaz de fazer!

Eu disse: "Eu sei o que eu quero de presente de Natal". Ele, curioso, me perguntou o que era.

Eu disse, na lata, que queria um beijo dele.

Ele, desconcertadaço, disse: "Como assim?"

Eu: "Um selinho, você me dá?"

Cara, acho que eu estava eufórica, sei lá... Imaginar que estava mais perto de sair daquele hospital, depois de conseguir a doadora do transplante, me deixou feliz.

Ele: "Não sei se pode, você está prestes a fazer o transplante. Você sabe o rigor que a equipe tem tido para você não se contaminar. Falaram outro dia que você não podia ter contato direto com secreção íntima de ninguém. Lembra que até uma pessoa resfriada é proibida de te visitar? Até no seu notebook tem que passar álcool para você usar".

Eu fiquei borocochô, como minha vó fala.

Logo ele veio com os dois presentes para mim.

Ainda não abri, o pessoal voltou...

Fiquei muito feliz.

Comemoramos aqui no hospital. Minha mãe trouxe um balão escrito: NÓS TE AMAMOS, NIC!

Eu mudei muito desde que entrei aqui (você vê que até as gírias, que eu usava muito, quase não tenho falado). Parece que eu deixei de ser a Nic que eu era depois disso que passei aqui.

Não me sinto eu.

Muito estranho.

25/12/2017

Hoje é Natal. Tem muita coisa acontecendo. Pessoal da família está em peso aqui. Minha mãe explica a história toda para um monte de gente que vem aqui.

Isso me cansa. Não gosto de me lembrar de um monte de coisas.

Preciso falar com a mamãe que ela tem que falar que tia Angélica não é minha mãe... O médico está achando que ela é.

...

Mamãe chegou. Naquela hora não deu nem tempo de falar.

Ela veio me informar, junto com a equipe médica, que a hemodiálise não está resolvendo e que farei o transplante.

Eu pensei: "Então tia Angélica aceitou fazer".

Os médicos saíram do quarto e perguntei à mamãe por que ela não tinha falado, na hora em que o médico veio com o resultado da tia, que é ela quem é a minha mãe.

Ela ficou estranha, nervosa, e me disse: "já falei". E pediu para fechar o notebook.

Vou sair agora, não sei quando vou conseguir escrever mais para você. Mas reza por mim.

Até... Não sei que dia...

Me deu medo! O transplante será amanhã, está tudo pronto.

Tia Angélica já está aqui no hospital há uns dias, fazendo exames.

09/02/2018

Ainda estou no hospital. Faz 45 dias que fiz o transplante. Fiquei 40 dias muito fragilizada com o tratamento pós-transplante. Não vou falar disso aqui. Só quero te contar que estou sobrevivendo com o rim da minha tia.

Eu e ela passamos bem.

Sabe o sonho que ela teve comigo, no ônibus, vindo pra cá? Ela me contou, mas te conto depois, já estou cansada. Só hoje estou conseguindo e podendo escrever.

Não posso me esforçar muito. Posso escrever um pouco de cada vez.

Tia Angélica está na vovó e passa bem.

28/02/2018

Fiquei um tempo sem escrever. Estou em estado de choque.

Minha mãe me contou, há poucos dias atrás, que...

(Cara, você vai ficar de cara. Prepara.)

Veio me contar que tia Angélica engravidou de um namorado, teve uma filha e logo viajou. A menina ficou na casa da vovó; na época ela sumiu no mundo e deixou o bebê.

Sabe quem era o bebê? EU!

Tia Angélica é minha mãe e mamãe, que me criou, é minha tia.

Mas eu considero que é Ana Vitória que é a minha mãe.

Não consigo escrever mais, estou chorando.

...

Tenho me sentido melhor a cada dia. Por causa de tudo, do transplante e da revelação.

Matheus veio me perguntar se eu ainda queria aquele presente de Natal.

Nem estava me lembrando disso... (Mentira! É porque eu estou me sentindo tão feia. Tipo, fiquei no hospital por muito tempo, estou pálida, magra demais, osso puro).

Ele disse que não teria problema em me dar um selinho e que acabou contando à minha mãe (a Ana – agora tem que especificar qual, né?! Tenho duas).

Então... Claro que eu quis. Evidente. E ele me deu.

O gosto de lasanha está na minha boca até agora. Ele tinha acabado de comer.

Foi bom, mas nada extraordinário, como tinha pensado.

Estava com saudade de casa, da minha cama, principalmente da Rita, do Sr. Clóvis, do porteiro e, claro, da Filó, minha poodle – ela veio conferir se eu era eu mesma. Já nem devia se lembrar de mim.

Mas a saudade mesmo era de ficar em silêncio, sem ouvir sirene de ambulância, pessoas chorando, gritando de dor, enfermeiras correndo para urgência, expectativa de tudo.

Vou falar um negócio pra vc, viu: ficar no hospital esse tempo todo, adoecer... Quero isso mais pra mim não.

Espero que minha cota de doença nessa vida já tenha se resolvido.

Até qualquer hora!

Vou dormir!

Amanhã a galera do colégio vem aqui me visitar.

A Manu, tadinha, perdeu a mãe este ano; o Lucas e a Nanda vêm tb. A vida nos pega de surpresa, né?

01/03/2018

Hoje amanheci mais animada.

O pessoal vem aqui.

Tô doida para vê-los e saber como anda a turma, a escola, os professores.

Mas estou aqui mesmo é para te contar o sonho que minha tia teve comigo: um sonho significativo e muito emocionante:

Ela sonhou que me encontrou cheia de ouriços-do-mar por todo o corpo, dentro da pele, e que ela tirava um por um com os dedos. Uma pontinha deles saía e esta pontinha fazia com que ela conseguisse puxá-los com cuidado para fora do meu corpo. Mas teve um que não queria sair e, quando ela tentou puxar, ele veio. Mas tirou um pedaço de mim, um pedaço da pele veio junto com ele, saca?

Ela disse que, quando aconteceu isso, ficou desesperada e acordou chorando no ônibus. Ela me contou esse sonho e disse: "Eu tirei um monte, uns 10. Só esse que não deu tão certo".

Ela disse: “O transplante significa todos os 10 que tirei. E aquele que não veio inteiro, e me fez sofrer, foi para me mostrar a dor que sinto hoje por ter deixado você. Me arrependo muito”.

E ainda me falou: “Estou feliz demais por ter sido eu a pessoa que doou a você. Uma parte de mim ficará agora juntinho com você”.

Me pediu perdão! Choramos horas, juntas!!!

Me emocionei com o sonho!

MANU
14 ANOS

10/12/2017

Meu pai me trouxe aqui, eu não queria vir. Estou sem vontade de falar. Quero ficar muda.

Minha mãe morr... Não gosto de falar esta palavra. Ela foi embora! Prefiro pensar que ela foi viajar.

Não consigo ir para a escola. Gostava do 9ºB, que era a minha turma.

Gostava da Nic, do Lucas e da Nanda. Mas não gosto mais de nada. Não gosto mais de comer, nem de jogar, nem de merda do celular, nem de sair com a galera.

Não vejo cor nas roupas, na rua, em mim. Me enxergo cinza no espelho.

Sinto que não existo, uma tristeza me rasga por dentro. Sinto que não tem nada dentro de mim, estou esvaziada, como uma piscina sem água que não serve pra nada.

Não quero falar.

Ela disse: "Pode ir agora! Não precisa ficar mais por hoje".

Hoje fui numa psicóloga, minha conversa com ela foi assim.

Não quero falar mais disso hoje, também aqui, com você.

Nem sei por que vim aqui escrever... Quero morrer também!

Vou dormir, pra fingir que eu morri!

Preciso da minha mãe para viver. Sem ela, nada tem sentido pra mim.

20/12/2017

Estou de férias. Saía muito com a mamãe nas férias.

Ela não vai me ver crescer, formar, casar e ter filhos. Se bem que não sei se vou querer ter filhos. Não consigo saber.

Não sei ainda por que Deus fez isso com a gente. Será que ele existe? Por que ele arrancou mamãe de mim?

Viver é pesado, eu acho.

Falando em Deus... Deus tem que ajudar Nicole, a Nic. Ela está mal no hospital; soube pelos professores, mas eles não deram detalhes. Precisa de um transplante de rim e não achou um doador ainda. Vou ligar para a mãe dela para saber melhor.

...

Estamos rezando por Nicole, precisam achar o doador. A tia está fazendo exame para ver se é compatível.

25/12/2017

Fiquei seis meses na pior. Estou começando a melhorar. Hoje é Natal. Queria que ela estivesse aqui.

Ainda estou indo na Elisa, a psicóloga que meu pai arrumou. Ela está me ajudando. Mas queria mesmo que ela enfiasse a mão dela dentro de mim e retirasse toda a saudade que sinto da mamãe, junto com a tristeza, e colocasse no lugar a mesma alegria que eu sentia quando estava perto dela.

Sinto saudade dela chegando em casa e me perguntando: "Manuzinha, como foi a aula hoje, filha?"

Saudade da comida dela: adorava a sopa que ela fazia (mas a vovó sabe fazer igualzinha, pra minha sorte).

Sinto saudade dela passando as mãos nas minhas costas, fazendo minha trança, passando perfume em mim.

Sinto falta de quando ela deitava comigo para dormir e contava histórias.

Um dia gravei ela contando. Às vezes escuto os áudios dela no celular.

Tem hora que é bom eu ver as fotos nossas no cel, no Face e no Instagram. Às vezes, não. Sinto vontade de chorar. Me dá um nó dentro de mim.

Me lembro do meu último aniversário: ela mandou fazer para mim um bolo que era um livro, porque sempre gostei de ler.

Eu e ela estávamos montando uma biblioteca no meu quarto. Mas a Elisa me disse que posso continuar fazendo tudo o que fazia com ela. Eu fiquei muito feliz ao saber disso. Achei que não ia poder mais nada sem a minha mãe.

A vovó faz tudo pra mim do mesmo jeito que ela fazia: me ajuda na escola, nas provas, no dia a dia, olha meu uniforme, sai para comprar o que eu preciso.

O papai me leva e busca na escola. Ele chega cansado, que eu sei, mas deita comigo todos os dias. Ele me conta que sonha com a mamãe de vez em quando e me conta os sonhos. Na verdade, acho que ele inventa alguns pra me divertir e me deixar alegre.

Tem dia que me dá vontade de falar com ele, pra sentir que ele está vivo. Não consigo pensar que posso perder ele um dia. Tem vez que acordo de madrugada e ele e Verinha (a moça que trabalha aqui em casa) estão dormindo; eu vou devagarinho ver ele na cama. Encosto nele para eu sentir que ele está vivo. Dou um beijo sem encostar nele (para não acordar) e volto para esperar meu sono retornar.

Papai também sente muita saudade dela. Eles se amavam. Tínhamos uma boa vida. No Natal, vou sentir demais a falta de mamãe. Ela me deixava montar a árvore do meu jeito. Os enfeites eram todos feitos por uma amiga dela.

26/12/2017

Soube agora, no final do dia, que a Nic fez a cirurgia. A tia dela foi a doadora compatível.

Parece que deu certo.

Agora, a mãe dela disse que é rezar para não ter rejeição.

...

Queria visitar Nic já. Mas vou viajar com papai amanhã!

28/02/2018

Nicole me contou que Vitória não é a mãe dela. A mãe dela é a tia que sumiu por anos no mapa. Ela está completamente surpresa, nem conseguiu falar direito.

Está fragilizada com tudo... Me contou chorando desesperadamente.

Preciso ajudar minha amiga.

01/03/2018

As aulas começaram no mês passado. Não estou tendo tempo de respirar. Está megadifícil; o ano começou pra valer, já temos prova marcada.

Mas Nicole não está lá!

Triste!

Nic é importante no nosso grupo. É divertida, animadíssima.

Vou visitá-la hoje. Gosto demais dela. Vamos nós três, Nanda, Lucas e eu.

Ainda bem que deu tudo certo, ela já está em casa.

Doida para ver Nic!

ROSILAINE
30 ANOS

20/11/2017

Ontem, eu e Francieli tivemos uma conversa profunda que me fez sentir que eu era tudo, menos sua mãe.

Com 15 anos me apaixonei desesperadamente pelo pai dela. Namoramos e acabei ficando grávida. Na época, tudo o que existia e que pudesse me deixar plena e feliz se resumia ao amor que eu acreditava que sentia pelo Flávio. Ele era da igreja que eu frequentava, nos conhecemos lá.

Francieli nasceu, moramos juntos por cinco anos e nos separamos.

Depois, me apaixonei pelo Carlos Augusto, meu chefe de sessão na época. Fiquei com Carlos por três anos e não deu outra... Voltei com Flávio.

Hoje vivemos os três, pai, mãe e filha, juntos.

Francieli me disse coisas, na nossa conversa de ontem, que me deixaram engasgada até agora.

Me disse (a voz dela falando isso não sai de mim):

"Mãe, você e pai são um só, vocês são a mesma pessoa. Você perdeu tudo o que tinha de mais valioso na vida, que eram seus sonhos, seus valores, seus desejos, tudo pra ser o que o pai quis que você fosse. Essa relação escrava, fixa, exclusiva e duradoura pela eternidade eu não quero pra mim. Esse modelo imposto de felicidade, desde a época da sua tetravó, não serve pra mim. Viver, mãe, não é abrir mão do que a gente é para ser do jeito que o outro quer que a gente seja. Você acreditou que o papai pudesse te dar tudo, que ele ia te completar. Isso aconteceu? Não. Você abriu mão do que acreditava que devia ser. Pra mim, ser feliz é ter liberdade de ser o que EUUUUUUUU quero ser; é não deixar o emprego, a grande amiga, as roupas que sempre quis usar, o salário maior do que o dele – que você dispensou –, o seu modo autêntico, sorridente de ser... Como você fez, porque o papai quis assim. Isso, pra mim, mãe, é assassinar a gente mesma".

E ela ainda falou: "Sabe de uma verdade? Eu não vou engravidar para não perder o homem da minha vida. Antes de ter um 'homem dos meus sonhos' – do que também duvido –, vou procurar dar corpo e vida à mulher da minha vida, que sou eu".

Ela falou isso tudo e está completamente certa. Não sei se fico arrasada pelo que fiz da minha vida ou se fico feliz por ela pensar assim, muito além do que pensei. Na verdade, me sinto arrependida mesmo, por tudo que fiz da minha vida.

Me senti mais filha do que mãe de Francieli.

Que lição minha filha me deu.

Ela, sim, vai ser feliz!

25/11/2017

Fran tem uma amiga virtual. Talita é o nome dela.

Fran chega do trabalho e vai direto conversar com Talita.

Não sei o que tanto conversam. Só sei que fazer amigos pela internet é muito bom. Eu mesma tenho um amigo secreto.

Fernando é o nome de uma cara com quem converso todos os dias num site de relacionamentos. Entrei no site num dia em que eu estava desesperada, preocupada, achando que Flávio estava tendo um caso.

Flávio estava distante fazia uns meses. Eu estava carente demais. Se contasse para alguma amiga, ela podia querer conversar com ele. Então, nesse dia, resolvi entrar num bate-papo.

Conheci três homens, mas Fernando é o que ficou; temos muita afinidade. Ele começou como um amigo mesmo, mas a coisa foi avançando de um jeito que eu não consegui controlar. E acabamos... Virtualmente.

Tenho até vergonha de falar.

Mês passado, fomos incendiados. Um fogo tomou conta de nós dois. Tiramos a roupa juntos bem devagar e... Você já sabe o que aconteceu!

Mas você talvez não saiba de uma coisa: senti orgasmo sem precisar me tocar. Minha imaginação foi à loucura com o que ele falava e com o que senti...

Nunca tinha vivido isso.

Na manhã seguinte, Flávio estava viajando. Fran, na rua. Estava livre para tudo o que desse vontade de fazer.

Então sonhei com Fernando e, quando acordei, estava com meu travesseiro entre as pernas. Acordei tendo um orgasmo. Nunca vi isso, não!

Sei tudo sobre Fernando e ele sabe toda a verdade de mim. Acho que ele também fala a verdade. Também é casado, fala que sua mulher não gosta mais de sexo e que ele sente muita falta.

Falamos um com o outro tudo o que acontece em nossas vidas. O problema é que ele mora em outro estado, mas já disse que quando entrar de férias vem me ver.

Tenho medo de Flávio descobrir. Ele tem viajado muito. Esse é um dos motivos que me fazem pensar que ele está com outra. Não viajava tanto...

Mas se ele estiver, azar... Eu também estou! É a primeira vez que faço isso. Sempre fui fiel a ele.

Cansei! Ele não me merece. Dei minha vida toda pra ele. Agora vou viver.

O que Fran me disse aquele dia mexeu comigo de uma forma que me fez mudar.

27/11/2017

Fran está fazendo o mesmo que eu, mas com uma mulher.

Descobri ontem. Talita é namorada dela. Ouvi a conversa delas. Não tenho coragem para falar nada com ela, pelo menos por enquanto.

...

Perguntei hoje para Fran quem é Talita. Ela me disse que é sua namorada, que não mora na nossa cidade, mas que já se encontraram duas vezes. Fran me disse que não tem culpa de estar se encontrando com uma mulher interessante, que pensa como ela, que quer o que ela quer e que tem planos como os dela.

"Ela é delicada comigo, mãe. Me entende?", ela disse. Continuou: "Não tenho mais o que dizer. Não encontrei isso em nenhum homem. Nosso amor não é superficial, nunca amei alguém com tanta intensidade. Estou super ligada a ela e ela a mim. Ela parece estar dentro de mim. Tudo flui entre a gente. É um amor genuíno! Respeitamos nossas diferenças, porque, claro, temos algumas. Talita sabe o que quer. Isso me atrai nela. É determinada, básica, prática, mas sensível. Se interessa por tudo o que eu gostaria de saber um dia. Ela é minha referência. Em tudo o que eu não sei, recorro a ela, pois é sensata e, eu diria, quase tudo pra mim!".

Fran me deixou, mais uma vez, sem voz. Não soube o que dizer, pois eu estava vivendo aquilo – só que com um homem. Também nunca tinha sentido nada igual.

Fernando se tornou a pessoa com quem mais tenho vontade de falar, de contar da minha vida, de falar das minhas alegrias e tristezas... Sabia exatamente o que era aquilo que minha filha estava vivendo. Não se escolhe quem você vai amar. O amor acontece!

Tudo o que eu quero é encontrar Fernando.

Vamos nos ver daqui a duas semanas, quando estará de férias.

HELENA
50 ANOS

29/10/2017

A maturidade traz para a gente uma coisa que não se acha fora dela. Sempre fui uma mulher cheia de mandamentos, normas, regras e leis:

"Não faça isso com seu filho, ele vai te odiar um dia."

"Não tome gelado, vai ter dor de garganta."

"Não faça cara feia, mostre sempre que está bem."

"Não fique brava com as pessoas, aceite, tenha compaixão."

"Não fique triste, sorria, fique feliz."

"Não coma doce e carboidrato, você vai engordar."

Não exista, corresponda ao desejo do outro!

Esta vem sem aspas. É uma frase de minha autoria. Nunca me disseram exatamente assim, mas foi tudo o que ouvi, com muitos ruídos. E só agora consigo decifrar.

Quando deixamos de ser idiotas, quando deixamos de seguir o rumo cego das massas, de acordo com o que os grupos e as multidões creem, pregam ou estabelecem; nós nos libertamos.

Cheguei à conclusão de que aquilo que é estabelecido como verdade para muitos não é para mim. Quero ter dúvida. Quero escutar meu corpo. Quero ser livre da forma como eu entendo o que é ser livre.

Não preciso de ninguém que responda por mim, que coloque afirmações falsas, sem comprovação, nos meus hiatos. A única verdade genuína é aquela que vem de nós mesmos.

Não quero saber de ordens como: "Obedeça ou você irá para o inferno". Não quero seguir a palavra de ninguém. Claro, é difícil competir com palavras tão poderosas como as de Moisés, Jesus, Krishna, Buda, Maomé... Parece que, com elas, só nos resta obedecer, imitar, tornar-nos ou tentarmos nos tornar um deles, seguindo seus passos e suas verdades.

"Creia": isso destrói a minha dúvida. E dúvida é algo muito precioso pra mim. Um dia li, num livro muito interessante, algo que faz parte de parte da minha verdade: a crença é um veneno, o mais perigoso que existe. A crença mata a nossa dúvida, a nossa curiosidade.

Agora quero saber quem eu sou por mim mesma; sem imitar, sem copiar, sem seguir o que o outro dita como a verdade dele.

Quero ser autêntica. Quero ser só EU!

Viver de acordo com regras, mandamentos, imposições é acreditar – por mim mesma – que não sou capaz de construir a minha verdade sobre mim. Eu quero ser capaz de me moldar por mim mesma.

Não quero uma vida cheia de respostas.

Quero construir as minhas.

Chega dessa existência chata em que é o outro que me diz o que eu faço com a MINHA VIDA.

Meu percurso até agora me fez infeliz, pois o outro é que sabia de mim, o outro respondia por mim, o outro escolhia e decidia por mim.

Não quero viver na encruzilhada o tempo todo.

CHEGA!!!

Cansei de viver uma vida horizontal! Uma vida morna! Não... O morno é confortável. Esse tipo de vida está mais para gelada, ácida.

Não quero mais nada do que a sociedade me oferece, ela tenta arrancar a nossa liberdade.

Escolho viver do jeito que eu bem entender!

25/11/2017

Deixar de formar par, ficar sozinha... Não é fácil, mas consegui.

Outro dia, contei a você da minha libertação na sociedade.

Hoje, vou falar da minha libertação no amor.

Parece que viver com alguém é um pré-requisito para ser feliz, um condicionamento que nos faz buscar a "outra metade" desesperadamente.

Até que um dia você cai na real e descobre que isso é só mais uma historinha dessas sem lógica que contam e em que passamos a vida toda (a vida toda não, mas parte dela) acreditando.

(Bem, estou falando de mim, porque é óbvio que há as que acreditam a vida toda sim.)

Eu estou numa fase da vida em que descobri o prazer de estar sozinha. Muitas pessoas confundem estar sozinha com solidão. É diferente.

Preservar minha individualidade passou a ser fundamental.

Optei, hoje, por uma vida sem muitas concessões.

Hoje, minha liberdade de decisão vale muito para mim.

Cansei de fazer o que os homens queriam. Cansei de ir com eles a lugares onde não queria ir. Cansei de ser a mãe, a médica e a enfermeira... Cansei também de ser a companheira de todas as horas.

Isso cansa!

Deixamos de viver a nossa vida para viver a vida de uma casa, do marido, do filho, do trabalho do marido, dos problemas do marido, das soluções que culturalmente resolveram atribuir às mulheres.

Na verdade, eu e Pierre resolvemos viver nossas vidas individualmente. Resolvemos respeitar o tempo de cada um e o mergulho no mar de possibilidades do autoconhecimento escolhido também por cada um. Viver juntos passou, depois de uns anos, a ser estranho e desconfortável, pois cada um, com suas manias e jeitos próprios de viver a vida, se afastava do outro. Ao invés de nos aproximarmos, nos desencontramos.

Casamos, vivemos juntos por um bom tempo, tivemos um filho, que hoje está muito bem na Alemanha.

Hoje, cada um mora na sua casa e, às vezes, somos companheiros um do outro, quando ambos estão a fim. Cada um, com seu estilo de vida, vive uma vida mais possível agora que estamos separados.

Alcancei minha satisfação, que é a glória para mim, quando conquistei minha autonomia pessoal, não só financeira, mas emocional.

Mudei minha forma de pensar não só em relação ao amor, mas também em relação ao sexo. Libertei-me de tudo o que era previsível. Me livrei das dependências, das necessidades, de proteção, de confiança, de permanência, de tudo isso que se resume ao lar.

O ser humano tem duas necessidades. Uma é esta, descrita acima, que está relacionada ao amor romântico, o qual se refere a tudo que idealizamos. A outra necessidade é a que está ligada ao desejo.

Certa vez assisti, na internet, uma psicoterapeuta belga, Esther Perel, falar brilhantemente sobre o segredo do desejo em um relacionamento duradouro.

Bem, ela nos traz essas duas necessidades das quais falava: por um lado, a ideia do lar, à qual me referi há pouco e, por outro lado, aventura, perigo, novidade, inesperado e tudo o que está ligado à liberdade, às nossas "viagens". Ela discorre sobre os pares de opostos: amar e desejar. E diz que no desejo não há zelo, nem carência, ninguém precisa de ninguém. Nos conta que amar é um antiafrodisíaco poderoso quando se trata desse amor idealizado da maioria dos casamentos.

Desejar é uma coisa, mas precisar do marido, do namorado (ou seja lá o que for) é desestimulante, já que a carga erótica (a do desejo) é diminuída em qualquer vínculo (de proteção, dependência etc.).

Muitos casamentos estão enraizados numa relação paternal, não de um homem com uma mulher, mas de um homem com uma mãe, que cuida tal qual. E de uma mulher com um pai, que a protege, a salva como se fosse um pai. O desejo, nesses casos, é capenga – isso quando ele chega a existir –, e a chama erótica do desejo se esvai.

Outra mulher, da qual também sou fã, falou no TED sobre por que pessoas felizes traem. Seu nome é Helen Fisher.

Essa palestra vai muito além desse tema. Ela nos traz os motivos pelos quais homens e mulheres traem e a questão da monogamia, que antes era "ter uma pessoa por toda a vida" e hoje é "ter uma pessoa por vez". Ela questiona o que é infidelidade e conta a história de um homem que certa vez disse a ela: "sou monogâmico em todos os meus relacionamentos".

Numa outra palestra da Fisher, também no TED, ela fala sobre o porquê de amarmos e trairmos e sobre amor romântico. Ela menciona a frase de um cara que diz: "O amor consiste em superestimar as diferenças entre uma mulher e outra". Ele completa: "É isso que fazemos!" Saber o que homens pensam sobre isso é muito revelador e intrigante para mim.

Helen Fischer nos relata que as mulheres lhe perguntam por que homens são tão infiéis. Ela responde: "Com quem você acha que esses homens estão dormindo"?

A mesma palestrante traz a ideia de três sistemas cerebrais: desejo, amor romântico e apego. E diz que é completamente possível que eles ajam em conjunto com pessoas diferentes.

Então, podemos estar deitados com alguém por quem sentimos grande apego, enquanto sentimos amor romântico por outra pessoa e, por uma terceira pessoa, ainda sentimos desejo sexual. Tudo ao mesmo tempo! Ela me responde muita coisa que eu não entendia.

Somos capazes de amar mais de uma pessoa, numa mesma época da vida, tudo junto e ao mesmo tempo. Olha que louco isso!

Estou entendendo o porquê de hoje eu ser quem sou e o porquê de meu ex-marido e eu vivermos cada um em sua casa, nos encontrando de vez em quando – entendendo que assim seria melhor para nós dois à medida que formos mudando e passando por todas essas transformações; transformações estas que essas duas mulheres bárbaras – Fisher e Perel – nos trazem.

Ao final da última palestra que citei, Fisher faz um alerta aos adolescentes que tomam antidepressivos há muito tempo. Algo que eu não sabia e que me trouxe aflição.

Esses medicamentos extinguem, em sua maioria, a libido, fazendo com que os jovens não desejem, não amem.

Hoje, sei de muitos filhos de amigas e amigos que tomam esses remédios. Falei com todas elas sobre a consequência disso nas vidas de seus filhos.

Isso parece não ter nada a ver com o tema trazido por Fisher, mas tem. Esses jovens precisam de um alerta para que possam viver o amor e serem capazes de desejar.

Fico por aqui, vou trabalhar!

LETÍCIA
36 ANOS

03/11/2017

A ansiedade sempre fez parte da minha vida.

Outro dia, conversando com Suzana, aquela minha amiga da feira, ela me disse que estava praticado *mindfulness* e que seria muito bom para mim. Ela também é ansiosa, até mais do que eu. Disse que praticava há três meses e que estava consideravelmente melhor; era outra pessoa.

Fui ver o que era, não conhecia. Gostei demais! Minha profissão de médica obstetra contribui pra eu ficar ainda mais ansiosa.

Minha família é bastante ansiosa. Cresci ouvindo meu pai dizer um monte de coisas que me deixavam muito ansiosa.

Tias neuróticas falavam demais na minha cabeça e minha mãe, ah... Ela nem se fala... O excesso de cuidado e de zelo me enchia de ansiedade.

A ansiedade é vivida numa família de gente ansiosa desde que nascemos. Ela vai se manifestando aos poucos, até que um dia ela faz a gente explodir e ver que não dá pra continuar assim.

Quanto mais politicamente correta, justa e exigente é a família, mais percebemos querer controlar o futuro e evitar erros. O controle e a mensuração de tudo enlouquecem qualquer um.

Isso é ansiedade. Antever o dia seguinte, a semana que vai vir, o dia em que o bebê vai chegar, as férias que estão por vir, o marido que vai chagar, o centavo de que vai precisar. Até a ansiedade, que pode aumentar, a gente quer antever.

Não aguento mais. Não estou dando conta de conviver com pessoas ansiosas do meu lado. É contagiante. Percebo isso nos poucos dias em que estou tranquila, nos dias em que ela dá uma trégua para mim. Às vezes preciso respirar, senão fico sufocada.

A tal prática é uma técnica de meditação que pode ser utilizada por qualquer um, em qualquer momento do dia, o tempo todo. Praticar *mindfulness* é conseguir viver o aqui, o agora, o momento presente.

Então, se você está no banho, você vive o banho; sente todos os órgãos do sentido abertos e prontos para acolher as sensações; sente a temperatura da água; a pressão dela caindo nas suas costas, no seu corpo; o cheiro dos produtos que está usando; o barulho da água caindo no chão e... por que não? O gosto sem gosto da água que cai na sua boca.

É bem interessante essa proposta, pois, quando você presta atenção nisso, você para de pensar em outras coisas e se volta às sensações vivenciadas naquele instante.

Assim, você mostra ao seu cérebro como se concentrar no que está fazendo, numa coisa de cada vez, vivenciando intensamente aquela ação.

A Neurociência diz – e aprendemos isso em Neuro – que o cérebro só é capaz de prestar atenção em uma coisa de cada vez de forma eficiente. Se duas ou mais coisas concorrem para serem pensadas ou feitas, quase que no mesmo instante elas ficam desfocadas, mal feitas, pois só é possível pensar em apenas uma coisa, por vez.

Ainda segundo a Neurociência, nosso cérebro só é capaz de agir se lhe ordenarmos.

Nesse sentido, ele é burro. Ele, por si só, não é inteligente e criativo; é completamente passivo, espera por estímulos que irão orientá-lo no que fazer.

O cérebro obedece nossas ordens conscientes e inconscientes. Daí a importância dessa técnica sobre a qual falei acima.

Ela faz com que esvaziemos a mente de um tanto de coisas que, muitas vezes, são lixo e só servem pra deixar a gente desorientada, intoxicada de informação desnecessária, desfocada, sem energia.

Se você pratica durante o dia, em tudo o que faz, é realmente muito eficaz. Estou sentindo a diferença na qualidade de vida que tenho tido desde que comecei a praticar.

Esse mundo barulhento em que a gente vive nos faz sentir necessidade de nos voltarmos para nós mesmos, com o fim de buscar uma conexão com a gente, não com o outro.

O celular não dá sossego mesmo, se assim permitirmos. Caso contrário, é a gente que está no comando, não as redes sociais. É preciso calcular o tanto do seu dia, da sua semana em que você vai se entregar ao mundo digital. Caso contrário, é ele que vai controlar você!

06/12/2017

Continuo praticando *mindfulness* como uma forma de viver um momento de cada vez. Assim, diminuo consideravelmente meu grau de ansiedade, que sempre foi bem alto.

Durante toda a minha vida, convivi com diversas vozes na minha cabeça: um caos na minha mente, como se estivesse numa corretora do mercado de ações – que, imagino, deve ser o local mais estressante de se estar –, com várias vozes dizendo "faz", "não faz", "compra", "vende", "realiza", "não realiza", "espera", "paciência", "corra risco", "cautela". Ouvir isso tudo já exaure qualquer um!

É impressionante como algumas pessoas acreditam ter a verdade com elas.

O falo (poder) está do lado delas; elas nos espetam de uma forma doída, para, na verdade, sentirem o gosto enganoso do poder. Enganoso porque, na maioria das vezes, o que dizem é uma falácia vazia, que não contribui em nada, serve apenas para ferir.

Sabe o que preciso mostrar? Nada, pra ninguém; apenas pra mim. Foi árduo chegar aqui!

A melhor coisa que há é você conviver com pessoas que não te julgam, que são capazes de se colocarem no seu lugar. Pouquíssimas pessoas têm esse dom ou essa consciência, sei lá. Mas se julgarem... Azar. Não faz diferença nenhuma.

Sempre fui uma pessoa que, tentando ajudar, falava o que pensava a amigas, amigos, familiares, namorado... De uns tempos pra cá, não falo mais. Respiro, sinto a situação, respiro de novo muitas vezes e acabo não falando. Tem dado mais certo.

Cresci sem conseguir dizer "não" às pessoas. Elas montavam e sapateavam em mim. Vivi grande parte da minha vida numa prisão, amarrada em cordas. Não podia chatear o outro. Enquanto isso... Me arrasava, me destruía, porque só o outro existia.

E eu? Nem sabia quem eu era. Sabia bem o que o outro queria, do que o outro gostava, como, de que cor, gosto, intensidade... Mas eu? Não sabia de mim.

Hoje, além de dizer "não" bem escancarado, eu sei o valor de fazer as coisas com inteireza.

O que é isso?

É me entregar de corpo e alma àquilo que me propus viver, experimentar, sentir. Faço as coisas pela metade mais não.

Digo sempre pra mim: "Ou você faz ou não faz. Ou você quer ou não quer. Isso de ficar em cima do muro não dá certo, ou faz você ter que repetir pra fazer melhor ou se arrepender de ter ou não feito. Decida!".

Lembrei-me de outra coisa que consegui enxergar na minha vida: mudanças...

Com o passar do tempo, a gente vai ficando mais esperta. Achava que todo mundo – não, nem todo mundo, mas 90% das pessoas que conviviam comigo – queria o meu bem. Mas "inveja" e "maldade" são duas palavrinhas que custei a admitir na minha vida.

É difícil acreditar que inveja existe quando desconhecemos isso em nós – digo, em nossas vidas. E ela é denunciada não só na fala, mas na linguagem não verbal das pessoas: pelo olhar, pelo gesto.

Sabe aquele aperto de olho que diz: "bem feito" quando você não alcança algo que queria ou quando perde algo?

Pois é. Ele denuncia de forma tão sutil, com palavras ou não.

Às vezes a própria pessoa nem se dá conta disso. Mas, para quem sabe fazer uma boa leitura corporal, isso é fichinha.

Inveja. Fui atrás dessa palavra pequena e baixa pra saber, afinal, o que é isso tão comum no ser humano. Achei que inveja é "desgosto provocado pela felicidade ou prosperidade alheia" ou, ainda; "desejo irrefreável de possuir ou gozar o que é de outrem".

Na verdade, para mim, inveja-se não o carro x que fulano tem, mas o bem-estar, o conforto, talvez o status (para quem vê status como um valor) que ele obtém ao ter o carro x.

Enfim, a felicidade que aquele carro x traz a seu dono é que é invejada, não o carro em si.

Inveja de ideias, de conhecimento, de estilo de vida. Estas são mais aceitáveis que as causadas por objetos. Aquele que inveja deveria se sentir capaz de gerir na sua própria vida o que causa a inveja.

O jeito de uma pessoa ser é algo que não tem imitação. Invejar o jeito do outro ser é algo complicado.

Quando adolescente, eu quis ser como uma colega de colégio. Ela lia muito. Eu acreditava que ela era mais do que eu. Até que um dia ela se revelou: "Letícia, te acho tão carinhosa, atenciosa, amorosa".

Assustei por dois motivos quando ela me disse isso. Primeiro, porque eu não sabia que alguém me via assim – naquela época, provavelmente, não me conhecia bem. Segundo, porque a pessoa que eu menos pensava que tinha motivo para ter inveja de mim me dizia que tinha.

Isso me fez pensar em como nos enganamos, não só com os outros, mas com a gente mesma.

Ela também poderia estar enganada?

Sei lá, não me vejo como ela disse. Talvez porque o meu referencial sobre todas as características que ela atribuiu a mim seja diferente do dela. Vai saber...

Uma coisa é certa: as pessoas que se aceitam e sabem bem quem são (quais os seus potenciais, pontos fortes e fracos) aceitam bem as condições de limite que possuem e as que são capazes de ultrapassar; não sentem inveja.

A aceitação de que você é um ser único no universo te faz não sentir inveja.

"Sou como sou; não tem como ser outra": isso me faz entender que inveja não resolve! Mas se você pode ser mais, em termos de habilidade ou desenvolvimento, aí é outra coisa.

Vá ser!

Vá ser melhor na atividade que desempenha, se tiver potencial. Seja melhor a cada dia, em tudo o que puder ser melhor. Sigo hoje este lema.

Tenho uma colega de trabalho que é um exemplo muito claro: ela coloca defeito o tempo todo em tudo o que faço.

Outro dia, lhe perguntei se conseguia fazer melhor do que eu. Ela respondeu que não. E eu disse a ela: "você consegue fazer como eu".

Ela entendeu o recado! Desde esse dia, parou de diminuir o meu trabalho.

Essa é uma boa forma de lidar com pessoas assim: "estou vendo que estou te incomodando nisto", "você pode fazer como eu", "você pode ir aonde vou", "você pode saber como eu", "você pode vestir-se como eu", mas...

O que não é possível dizer é que ela pode ser exatamente como sou. Ou... Eu querer ser como outro... Não existe uma forma mágica para isso. Ainda não inventaram! Essa inveja ficará sem solução.

Bem, só sei que falar tudo isso aqui está fazendo eu me conhecer melhor. E isso tem feito com que eu diminua minha ansiedade.

Isso tem a ver com o fato de eu estar conseguindo ficar menos cheia de pessoas ao meu redor, o que tem possibilitado um encontro meu comigo, sem ter o outro para comandar o meu desejo, me interromper nas minhas leituras, nas minhas músicas...

Estou vivendo minha solitude, que é bem diferente de solidão.

Solitude é a capacidade de viver a experiência de estar sozinho e com isso crescer, fortalecer, se descobrir; não tendo outras vozes, outro querer competindo com o meu.

Outro dia, Alice, uma amiga, me contou que o marido estava indo viajar a trabalho. Ela se despediu dizendo que ia sentir saudade e muita falta dele. Ela veio me contar que, ao fechar a porta, ela sentiu uma alegria enorme. Teria uma semana só para ela fazer tudo o que gosta de fazer.

É disso que estou falando. Ter um tempo para você e aproveitá-lo da melhor forma possível.

Isso é a glória!

Vou... Nem sei para onde... Vou resolver... Talvez vá, talvez fique... Só sei que quero fazer outra coisa.

Cansei de escrever.

E eu posso fazer o que eu quero. Hoje estou com tempo livre para mim.

MAYA
28 ANOS

04/07/2017

Comprei você há muito tempo, hoje vou começar a escrever... Talvez porque, exatamente hoje, estou explodindo e preciso de você como confidente. Não quero mais ninguém...

Estou muito puta da vida, furiosa e sem saber o que eu faço.

Vou te contar...

Tenho 28 anos, namoro um homem de 58 anos. Temos uma filha de cinco anos. Moro com minha mãe em São Paulo, capital.

Liomar aparece de 15 em 15 dias. Me fala que mora em Goiânia e que é divorciado. Precisa ficar em Goiânia, segundo ele, por ser dono de fazendas que produzem frutas para exportação.

Liomar me contou, logo no início do namoro, que tem dois filhos adultos com sua ex; que ele mora numa casa próxima à casa dessa ex, onde moravam antes da separação. Todos trabalham na empresa.

Minha mãe é uma mulher que não me deixa em paz. Ao perceber que Liomar estava interessado em mim, muito apaixonado, ela me pediu um neto. Até que engravidei.

Nunca me senti mãe de Isabela, a minha filha. Minha mãe olha Isabela desde que ela nasceu. Quase sempre viajo com Liomar quando ele vem.

Parece que minha mãe não queria uma neta, mas outra filha. Dizia pra mim que a casa ficava vazia desde que eu tinha ido para a faculdade. Saía cedo e voltava à noite; às vezes tinha aula à tarde; outras vezes não, ficava por lá mesmo, estudando; outras vezes, ficava por lá mesmo para tomar uma cerveja, num bar lá perto.

Passei em Administração aos 20 anos. Conheci Liomar aos 23. Logo depois, engravidei.

Minha mãe me pedia insistentemente para eu engravidar e dizia que só servia um menino. Dizia que era para compensar o que eu não tinha lhe dado: a alegria de ser mãe de um menino. Eu devia ter nascido um menino. Parece que dei uma decepção para ela ao vir mulher.

Caí na bobeira de engravidar. Minha vida seria outra sem Isabela. Claro que eu gosto dela, é minha filha. Mas acho que a tive mais para minha mãe.

Isabela também não veio menino, como minha mãe queria. Mas ela ama Isabela. Proibi minha mãe de contar a Isabela essa história de que ela queria um menino. Coitada da menina!

Vou te contar uns segredos: um, que eu não aguento a chatice da minha mãe. Ela não me dá sossego, fala demais na minha cabeça, me deixa doida.

Na verdade, desde a época da faculdade comecei a mexer com umas drogas – nada pesado –, minha mãe pegou uma na minha bolsa e me escorraçou.

Disse que contaria para Liomar e que eu estava perdida; ia me levar na justiça para pegar a guarda da menina.

Quando comecei a faculdade, não ficava em casa justamente porque ela me enche o saco, fala que vai contar tudo para o meu namorado e me trata como criança.

Faltando um ano para me formar, tranquei minha faculdade de Administração por ele: para viajar quando ele quiser, não dá para fazer faculdade e muito menos trabalhar. Tenho que estar disponível para suas viagens repentinas (ele me pede para ficar linda quando ele chega).

Não preciso trabalhar. Ele paga todas as contas, inclusive as da casa em que moro hoje com minha mãe, minha tia e a menina.

Ele é doido com Isabela. Traz presentes para ela. Mas eu mesma não consigo ser muito apegada a ela. Ela chama a minha mãe de mãe e me chama pelo meu nome.

Liomar, apesar de mais velho, é louco com sexo e é bem gostoso na cama. Na última vez que ele veio, "o fogo estava apagado". É minha mãe que fala assim. Pensei que era por causa da idade. Ele me disse que era porque estava cansado e preocupado com a empresa.

Duvidei. Nunca tinha acontecido antes. Já pensei que era porque estava com outra.

Liomar é do tipo que atende a todos os telefonemas que dou para ele. Sempre me atendeu. De umas duas semanas para cá, não atende mais como antes.

O problema é que sou muito cismada: tenho certeza de que ele já tem outra. Minha mãe diz que é encucação minha, que outro homem bom como ele é difícil de encontrar.

Claro que ela gosta dele. Liomar paga tudo pra nós; dá presente pra ela – é tudo que ela quer.

Resolvi pegar um avião e ir até Goiânia na semana passada. Contratei um motorista de Uber e ele seguiu Liomar por dois dias.

Até que, um dia, o motorista viu Liomar entrar num salão de beleza, me ligou imediatamente e fui até lá. Ao chegar no tal salão, vi sair de lá uma mulher peituda de minissaia e toda maquiada. Logo em seguida, ele saiu. Se despediram e ela, toda soltinha, lascou um beijo na boca dele. Saí do Uber e fui...

Nossa! Hoje vou buscar Isabela na escola, minha mãe não pode ir buscá-la porque foi ao médico.

Estou 10 minutos atrasada!

Não sei que dia é hoje

Te contei que fui semana passada para Goiânia, para saber o que estava acontecendo com Liomar, que estava me ignorando.

Foi dito e feito.

Peguei ele com a dona do salão (não sei se cheguei a te falar isso).

Pois é. Desde esse dia, estou com muito ciúme dele. Sei que o tempo todo ele está com mulher.

Ano passado uma mulher me ligou para falar que estava saindo com ele em Uberlândia. Ele me jurou que não tinha nada com mulher nenhuma, que não tinha tempo pra isso e que gostava demais de mim.

A pulga ficou atrás da minha orelha desde essa época. Mas nada mudou entre nós, ele continuava vindo quinzenalmente. Viajamos em todos os feriados desde que isso aconteceu. Eu ficava sempre monitorando quando ele não estava aqui.

Eu fiquei tranquila porque apareceu um informante secreto na minha vida! Vou te contar.

Até que apareceu de novo essa pulga, comendo atrás da minha orelha. Na verdade, comecei a sentir mesmo minha orelha doer.

Comecei a ter visões de que Liomar estava tendo casos; eu ligava e ele não atendia. Tinha certeza de que estava com mulherada.

Isso acabou comigo.

Logo que cheguei de Goiânia, voltei a usar droga e comecei a beber mais.

Compro cocaína de um cara aí; é a única coisa que me faz feliz. E a cerveja, ela me acalma; sento num bar, a qualquer hora do dia, e tomo mesmo.

Outro dia, minha mãe me achou bêbada num bar aqui perto de casa.

Ela fala que eu tenho que ter juízo, mas não estou aguentado. Liomar está com muitas mulheres, o informante me disse.

Liomar está tendo cinco casos: com a do salão; com Márcia, que é a secretária dele; com Maria Efigênia ou Eugênia, médica dele; com Vânia, ex-mulher dele e com Tânia, uma colega minha que ele acha bonita.

Estou com um anjo que me informa tudo o que ele faz com elas.

Quando uso a cocaína, aí é que ele vem pra me contar tudo. Fala baixinho no meu ouvido que veio pra me ajudar com Liomar.

Essa semana vou chamar Liomar para ir num restaurante no dia em que ele chegar. Quero beber muito pra ter coragem de terminar com tudo e falar com ele que eu sei de tudo. Vou desmascarar ele na frente da Isabela. Vou contar para os filhos dele e para minha mãe.

Eles vão ver do que eu sou capaz.

Nem sei que dia que é hoje. Estou muito confusa na cabeça.

Vou ver se o anjo vai voltar hoje.

Acho que é dia 29 ou 30, esqueci o mês.

Minha mãe trouxe o notebook para mim. Estou internada numa clínica para dependentes... Você sabe de quê.

Fiquei confusa demais. Um dia desses, sabe aquele anjo que fala comigo? Então, ele vai e volta. Ele me pediu para tirar a blusa no shopping. Eu estava no shopping e ele me disse: "tira, tira, ele vai aparecer, você vai ver". Não sabia se "ele", de quem o anjo falava, era Liomar ou sei lá quem.

Eu tirei porque eu queria ver quem ia aparecer.

Os médicos falaram que, além de estar tendo alucinações, eu tive delírio.

Sabe a história das cinco amantes de Liomar? Falaram com minha mãe que é delírio.

Mas é verdade sim. Eu sei que é. Ninguém sabe. Só eu. Uma delas vinha falar com minha mãe, lá em casa. Eu sei. Minha mãe não quis me dizer.

Quer saber outra coisa? Acho que Isabela não é filha minha nada. É da minha mãe.

Tá difícil ficar aqui. Sinto vontade de usar a coca; ela me traz alegria. Ficar sem ela me dá uma tristeza, parece que tem alguém arrancando minhas tripas para fora, de tanto que me sinto triste.

Sem ela, quero morrer mesmo.

Melhor morrer.

Aqui não posso usar, meu anjo fala!

Quando vai vir a crise da falta dela (esqueci como chama isso, tem um nome); sei não.

Eu corro para a enfermaria, me assento no chão até eles me darem um remédio para eu apagar.

Sem droga, quero só dormir. Queria dormir para não acordar nunca mais.

Aqui não tem internet. Mas você estava nos meus documentos aqui e eu pedi a Dra. Clara para você vir ficar comigo.

Arrumei umas amigas no dia que tem festa aqui, um forró, no final do dia de um dia desses aí da semana. Não sei dos dias.

Só sei que hoje são 29, o Luiz – o enfermeiro – me disse agora.

Esqueci tudo, nem sei em que mês que a gente tá. Ano? Sei não.

Mas o anjo, ele é um anjo com cara de Jesus. Ele só pode ser Jesus. Foi Deus que enviou ele para cuidar de mim e ser meu amigo; ele é bom para mim.

Dona Eulália conversa comigo. Ela tem uma boneca; me empresta para eu fingir que ela é minha filhinha. Ela é uma paciente daqui, mais velha que minha mãe. Anda de batom e leva a boneca para todo lado.

Minha mãe vem me ver no dia de visita.

Uma hora, saímos daqui, eu e o Jesus.

Estou começando a sentir que a tristeza está voltando. Sinto sono.

Começo a tremer, queria tanto dar uma cheirada.

Nem sei quantos dias faz que eu estou aqui. Mas só pioro.

Não quero ficar sem a branquinha. É ela que dá alegria. Sem ela, fico com depressão. Desorienta a gente.

Vou lá na enfermaria.

Estou agitada, dá até vontade de gritar.

Tchau, se eu deixar você aqui na minha cama, alguém rouba?

Vem comigo pra enfermaria.

Vão!

DAVIDA
44 ANOS

22/11/2017

A partir de hoje quero ter alguém com quem falar. Além de estar difícil confiar nas pessoas, elas me decepcionam mais a cada dia.

A diferença de fuso, às vezes, me deixa acordada de madrugada. Viajo muito pelo mundo afora. Ter uma companhia fiel e que só me escute é tudo de que preciso por agora. Arrumei você, meu confidente e fiel amigo, numa loja que vendia coisas exóticas na Indonésia. Você foi feito lá, por mãos de artesãs nativas da ilha de Bali.

A desilusão com muitas pessoas tem me desanimado até de falar, me fazendo preferir calar. Nasci uma menina, mas com um detalhe que fazia com que todos achassem que eu fosse menino. Sim, pra mim ele sempre foi um detalhe, a menor e a mais insignificante parte do meu corpo. Insignificante no sentido de que ele não define minha identidade. Mas aprendi a lidar com ele, além de me dar enorme prazer.

Sempre quis sentir no meu corpo toda a sensibilidade que a maioria das mulheres tem.

Fui crescendo. Meus traços sempre foram delicados: nariz fino, boca desenhada, pele lisa, pouco pelo, corpo modelado, praticamente sem músculo. Tinha menos de três anos quando me vi no espelho, conta minha mãe, e quis ficar muitos minutos me vendo nele. Ela me disse que, alguns anos depois desse episódio, com uns seis pra sete anos, ela me viu mexendo delicadamente os membros do meu corpo de frente para o espelho: braço, pescoço, bumbum... Até que, imediatamente, desci meu short e disse que tinha uma pepeca, colocando meu pintinho pra trás. Nessa época, escondida no banheiro, vestia calcinha da minha mãe, usava as pinturas dela.

Meus pais não podiam me ver. Nunca escondi meu jeito de ninguém, mas essas coisas secretas e privadas eu fazia sozinho, sem ninguém. Tinha medo de o meu pai ver. Nem sei o que ele seria capaz de fazer se visse. Mas imagino: me escorraçaria!

Na verdade, só o coloquei para trás como brincadeira de criança, mas nunca quis retirá-lo de mim. Vim com ele. Recebi o nome de Davi – não faz diferença para mim, questão de nomenclatura, podia chamar qualquer coisa... Viemos todos juntos: Davi, um pênis, menina, Davida e, depois, mulher.

Minha mãe sempre foi tudo o que eu queria ser. Era mil vezes mais interessante a vida dela do que a dos homens: se maquiava, usava salto, vestidos, colares, anéis coloridos, tons variados de roupa, decotes, tinha seios fartos. Cor sempre me chamou atenção. A delicadeza dela, a fortaleza misturada com fragilidade, a calma singela: tudo isso me fascinava.

Meu pai não existia para mim. Quem cuidou de mim, me protegeu e me amou foi minha mãe. Ele era uma pessoa que eu nunca quis ser. Às vezes, ele batia na minha mãe. Além de estúpido, era corrupto, falso, tinha uma profissão que me dava vergonha. Era grosso, prepotente, mau-caráter. O maior homem que conheci na minha vida não foi o meu pai, mas foi minha mãe. E, óbvio, a mulher mais guerreira de todas.

Na escola, sofri muito. Minha voz era fina, sempre fui delicada, pois, para mim, já era uma mulher – na época, menina. O maior erro que puderam fazer comigo foi colocar, no meio das minhas pernas, um pênis. Foi um erro, mas aprendi a conviver com ele. Até a minha testosterona é muito baixa. Sempre tive pouco pelo e tudo é de mulher; até seios salientes eu tenho, não sou reta. É muito curioso. Se eu fosse mais cheinha, esse poderia ser o motivo de os meus seios serem assim, mas não. Sou bem magra. Parece que foi uma decisão sem cálculo, um engano... Mas, como disse, lido bem com ele, só não sou homem.

Na adolescência, nem se fala. Como sofri! Encontrar alguém que me considerasse e aceitasse como sou era mais difícil que achar uma agulha no palheiro. Mas eu encontrava, mesmo sendo quase impossível, naquela época, 30 anos atrás, em que o preconceito era pior que o de hoje.

Algumas vezes quis desistir de conviver, mas logo via que era impossível.

Fazer documentários em vários lugares mais liberais no mundo me deu possibilidade de suportar mais a mediocridade e a insensibilidade da maioria das pessoas.

Algumas dessas pareciam tudo, menos gente.

O preconceito era dilacerante. O olhar de deboche, de desprezo, era como uma faca se enfiando pelas minhas costas. Chegava a sentir dor real. Era de enlouquecer.

Uma vez, quando tinha 14 anos, quase me matei. Me apaixonei por Ulisses.

Ulisses era um colega lindo de outra sala, mais velho do que eu, charmoso, inteligente, sensível, doce e meigo.

Ele também gostava de mim. O dia em que o pai dele descobriu que ele estava comigo – o pai era um militar rígido – tratou de mudar de cidade, levando toda a família. Me arrancou Ulisses, tirou o meu número de telefone da agenda dele. Ficamos sem contato. Naquela época não tínhamos a facilidade que temos, hoje, do contato por redes sociais. A merda do pai dele proibiu todo mundo de me passar o contato dele ou dizer pra onde iam se mudar, tanto na escola quanto na vizinhança (ele morava perto da minha rua).

Nos amamos, de verdade! O pior é que nunca soube o sobrenome dele. Procurei no colégio, mas nunca me informaram. Nem a mim, nem a ninguém. Ordens do pai. Ficamos namorando escondido por cinco meses, sem ninguém desconfiar.

Foi a época mais feliz da minha vida. Descobrimos, juntos, nossa sexualidade. Nem ele nem eu sabíamos como fazer, pois nunca tínhamos feito. Tudo aconteceu naturalmente, pela primeira vez, na minha casa. Meu pai estava viajando e minha mãe trabalhando.

Sinto que um dia vou encontrar Ulisses, nunca mais ele saiu de mim. Claro que tive outros namoros, casos, paixonites... Mas nunca tive outro Ulisses.

Há pessoas que são insubstituíveis, sim!

Você já viu alguém que substituiu Beethoven, Freddie Mercury, Michael Jackson, Frank Sinatra?

Não há como substituí-los, assim como não tem como substituir quem foi ou é significativo para nós. Não se coloca um ser vivo no lugar de outro. Cada um é único, ninguém consegue imitar ninguém em toda a sua genuinidade. É por isso que Ulisses vive em mim. E por saber tanto disso é que não queria viver sem ele quando tinha 14 anos. Talvez nunca mais fosse encontrar aquele ser que era tudo pra mim. Sonhávamos em morar fora do Brasil. Ele adorava Nova York; já tinha ido duas vezes, nas férias, ficar com uma tia que morava lá.

Já procurei Ulisses por todo canto do mundo. Acho até que foi por isso que escolhi a profissão que tenho.

Trabalho em *off*. Não apresento os documentários que faço. Já pensei em me tornar pública na TV como uma forma de ele me achar. Não é algo para o qual tenho talento, mas estou esperando por uma vaga num programa renomado na TV. Fiz o teste e passei, estou aguardando resposta da emissora.

Já procurei Ulisses em várias redes sociais, mas não o encontro.

Me sinto tão mulher hoje, mais ainda do que sempre senti. Sou forte, me responsabilizo por ser quem sou, sou íntegra, enfrento qualquer um que queira me desrespeitar. Enfrento desmontando, da maneira mais surpreendente que ela possa imaginar, a pessoa que chega pra mim me inferiorizando ou me olhando como se eu fosse de outro planeta. Tenho a manha de observar uma pessoa e fazer um raio X dela. Pra cada uma, uso uma tática diferente.

Sou jornalista, acho que ainda não te disse. Leio demais, sei de tudo o que está acontecendo no mundo. Trabalho viajando pelo mundo todo. Faço a reportagem completa de variados lugares deste planeta, como Glória Maria faz.

Sou culta e antenada em tudo. Isso me dá condições de dar um tapa de luva em quem vem me tratar mal, gozar ou preconceituar. O mais interessante é que muitos que se mostram cisgêneros héteros são tudo, menos cis e héteros. A meu ver, a prisão está mais do lado desses do que de nós, que nos assumimos.

É fato que, há muito tempo, os termos homem e mulher deixaram de ser os únicos termos que descrevem o ser humano e suas diversas facetas. Como disse a você, o fato de me sentir uma mulher me basta. Para mim, não foi preciso querer fazer algo com meu órgão genital. Ele veio comigo. Sinto prazer com ele. Ele não é o mais importante pra mim, mas o que me importa é minha alma de mulher. Ele me dando orgasmo é como se eu tivesse uma vagina; sinto do mesmo jeito que as mulheres.

Ainda posso penetrar também e não só ser penetrada. Mas prefiro ser penetrada.

Faço shows esporadicamente quando estou em São Paulo, pra me divertir. Quando pequena, adora me vestir de super-heroínas femininas. Comecei a me vestir de *drag queen* há três anos; me divirto muito, me sinto ainda mais mulher, empoderada. A primeira vez que montei – assim falamos quando nos vestimos de drag – me apresentei como Madonna. Cantei *Like a Prayer*. Eu e Ulisses curtíamos demais esta música.

Um dia ainda encontro Ulisses. Sei que ele também procura por mim. Ulisses gostava de pessoas sensíveis para se relacionar; gostava de pessoas de bom caráter, honestas e responsáveis. Ele me dizia que, para ele, não importava se era homem ou mulher; pra ele, tanto fazia.

Hoje, imagino que deve fazer parte da cultura *queer*; ele não deve seguir, como naquela época já não seguia, o binarismo de gênero.

É importante trazer a você algumas informações.

Como jornalista que me prezo, vou esclarecer:

A teoria queer[1] é uma teoria sobre o gênero que considera que a orientação sexual, bem como a identidade de gênero ou sexual das pessoas, é o resultado de um constructo social e que, por isso, não existem papéis sexuais ou biologicamente definidos na natureza humana, mas formas socialmente diversas de desempenhar um ou mais papéis sexuais.

Essa teoria propõe ir além das teorias baseadas na oposição homens *versus* mulheres, aprofundando os estudos sobre bissexuais, gays, lésbicas e transgêneros e dando uma atenção maior aos processos sociais que sexualizam a sociedade como um todo – heterossexualizando ou homossexualizando discursos, instituições, direitos etc. Qualquer um que não se sente hétero, mas que também não se vê representado pela expressão *gay*, pode ser *queer*.

Vejo que as pessoas confundem muitas coisas hoje em dia.

Identidade de gênero, por exemplo, é o entendimento que uma pessoa tem de si mesma, que pode ou não coin-

---

1 Queer: palavra inglesa usada por anglófonos há 400 anos. Na Inglaterra, havia uma rua, a *Queer Street*, onde viviam vagabundos, endividados, prostitutas, todo tipo de pessoas consideradas pervertidas e devassas pela sociedade. O termo passou a ser usado para se referir pejorativamente às pessoas homossexuais com a prisão de Oscar Wilde, o primeiro famoso a ser chamado de *queer*. O termo começa a se consolidar por volta dos anos 1990, com a publicação do livro *Problemas de Gênero*, de Judith Butler.

cidir com seus órgãos genitais. Eu, por exemplo, entendo que sou uma mulher, me sinto mulher.

A orientação afetivo-sexual é outra coisa. Ela descreve como se manifesta o desejo pelo outro. Eu desejo Ulisses, que é um homem.

Pessoas cisgêneras são pessoas cujo gênero é o mesmo do designado em seu nascimento.

Eu sou uma mulher transgênera. Pode ser que fique mais fácil para o entendimento das pessoas mais tradicionais dizer que sou travesti, mas a nomenclatura não me define. Costumo dizer que podem me chamar do que quiserem. O prefixo *trans* pelo qual me interesso é o de TRANSformação do preconceito em respeito, o de TRANScender.

Quando nasci com ele, meu pênis, disseram que eu era menino, mas minha identificação é com o feminino. Nem todo mundo que se identifica como mulher e tem pênis se sente insatisfeito com a genitália com a qual nasceu. Eu sou uma dessas pessoas. Sou Davida, com muito orgulho e felicidade.

Hoje estou em Nova York, cobrindo uma tragédia que aconteceu aqui numa boate de jovens.

Depois de amanhã, sexta-feira, vou cantar num restaurante daqui, o Cicciolina. Vou vestida de Cicciolina, aquela eterna estrela pornô da década de 1970/80, que, na verdade, se chama Ilona Staller. Hoje deve estar com 66 anos. Vou contar algumas curiosidades sobre ela.

Adoro curiosidades! Eu era louca com ela!

Ilona Staller andou pela política (foi a deputada mais votada na Itália em 1987), se ofereceu sexualmente a Saddam Hussein em troca da paz mundial e, mais tarde, a Osama Bin Laden. Em 1997 esteve no Brasil fazendo uma novela. Fundou um partido, o DNA (Democracia, Natureza e Amor). Hoje, é escritora na Itália.

Vou me montar no restaurante mesmo, minha fantasia está maravilhosa. Arrumei aqui uns seios muito sedutores pra colocar pra fora, como Ciccio. Armand, um colega meu, um puta jornalista daqui, vai assistir, com sua mulher, ao show.

Ansiosa!!!

Ficarei aqui até sábado que vem!

A qualquer hora volto para conversar mais com você! Foi bom demais. Adoro escrever.

Vou, assim, voltando ao meu passado. Na redação de um jornal em que trabalhei, escrevia muito a mão.

Hoje, digito tudo. Não via a hora de escrever em você!

25/11/2017

Não, vou te colocar deitado na minha cama! Você não acredita o que aconteceu!!!

Lembra que te contei que ia fazer um show? Então, foi ontem. E você não vai acreditar no que tenho para te contar...

Estou sem fôlego até agora. Ai, ai, ai!!!

Estava no palco fazendo o show – fiquei muito linda de Ciccio. Coloquei uma peruca bem loira, como é o cabelo dela, com os seios maravilhosos para fora de um vestido branco de noiva e um ursinho de pelúcia, com que ela também costumava aparecer. Lembra?

Vou te tratar como um amigo ou amiga? Tanto faz...

Então, eu estava cantando e dançando e, no intervalo do show, fui tomar um *Balla* – um *Ballantine's*, que eu amo.

De repente, por trás de mim, veio um homem no meu ouvido e me disse: você é muito gostosa! Quando virei, senti um cheiro de *Balla*, de *whisky*, e... Adivinha *quem* era? Adivinha! Fiquei sem ar, minhas pernas amoleceram e tive que me assentar no banco do balcão. Ele chegou e me disse: "Prazer, Ulisses!", apertando minha mão. Foi a apertada de mão mais sensacional que ganhei na minha vida.

A princípio, não sabia se ele estava me reconhecendo, naquela fantasia, vestida como Ciccio; se estava achando que eu era uma mulher cisgênero... Fiquei ainda mais feminina, mais do que já sou.

Eu sabia que os seios postiços têm aparência de verdadeiros de longe. Quem vê o show pode pensar que são de verdade, são perfeitos.

Fiquei atônita, tomada por aquele instante pelo qual eu tinha esperado toda a minha vida. Não sabia o que dizer, com receio de atrapalhar tudo. Eu sabia bem quem ele era, mas ele podia não saber quem eu era. E o pior: ele estava um pouco alterado, tinha bebido.

O estranho é que não o vi durante o show em nenhum lugar. Onde ele estava?

Até agora estou pasma!

Mas então, vamos lá... Vou te contar tudo.

Ulisses era, nada mais, nada menos, que o dono do restaurante. Meu contato foi com Anne, a gerente, não tive o menor contato com ele. Nem imaginava que ele seria o dono. Achei a gerente bem receptiva. Fiquei sem saber se ela sabia quem eu era, na verdade: minha nacionalidade, profissão, enfim...

O que acontece é que tenho feito shows aqui em New York já há alguns meses. A fama corre, você sabe. E ele ficou sabendo de mim.

Me disse que me viu num jornal, num artigo sobre uma casa noturna em que eu havia feito um show. Ele disse que o meu rosto ficou a vida toda na cabeça dele e que, logo que viu a foto no jornal, não teve dúvida de quem eu era.

Disse que me procurou muito e que logo que viu a oportunidade de se aproximar de mim, pediu Anne que me contratasse.

Ele planejou aquele momento, queria me fazer aquela surpresa. Chegou com um *bouquet* de jasmim para mim – devia lembrar que são as minhas preferidas – e me ofereceu logo depois daquele aperto de mão dos sonhos.

Ficamos muito emocionados. Conversamos a noite inteira e acabamos em sua casa.

A noite foi maravilhosa. Nos divertimos muito e nos amamos ardentemente, como se nunca mais fôssemos nos separar. Era uma saudade incalculável, uma sinergia magnífica e um amor inabalável. Vi que o que vivemos na adolescência permaneceu, de forma inalterada, por aquelas três décadas em que não nos vimos.

Ele está sozinho. Me disse que nunca encontrou outro Davi na vida dele e que não acreditava que eu tinha vindo fazer show em NY. Ele soube que fazer show era um hobby meu, que fazia poucos shows e que sou uma jornalista.

Me confessou que, desde o dia em que preenchi o contrato, ele foi saber tudo sobre mim. Seu medo era de que eu estivesse com alguém. Foi aí que lhe disse também que eu nunca, em lugar nenhum, havia conhecido alguém que chegasse perto do que ele sempre fora para mim.

Agora estou no hotel. Ele precisou sair para resolver compras para o restaurante e para fechar um show de rock que acontecerá lá hoje.

Nossa! Estou radiante de felicidade!!!

Me sinto plena! Plenamente feliz em ter encontrado o amor da minha vida!

Será que só o amor é capaz de nos dar de presente essa sensação que, até antes de a sentirmos, parece mais um conto da carochinha?

Esperava sentir isso quando me senti realizada como jornalista, mas não... Não tive o prazer de viver isso naquela época, em que tudo, absolutamente tudo, conspirava a meu favor profissionalmente.

Outro dia, estava lendo uma revista que falava sobre *flow*. Me senti em estado de *flow*, pela primeira vez na minha vida de 44 anos, desde que vi e vivi tudo aquilo com Ulisses. Até agora, não comi nada. Não tenho fome. São quase 11 horas da manhã. Estou alimentada por dias, talvez anos...

Ele me manda uma mensagem no WhatsApp a cada meia hora, dizendo estar com muita saudade, me chamando para resolver as coisas com ele. Mas eu também estou um pouco apertada aqui. Tenho uma matéria para entregar até terça.

Preciso concentrar! Está difícil! Quero Ulisses! Sou a sua mulher e ele é meu!

PIETRA
28 ANOS

26/11/2017

Há muito tempo ando desconfiada de que Felipe está tendo um caso. Ele vive falando que está cansado e agora arrumou de fazer várias coisas, segundo ele, pra desestressar. Aí, no sábado de manhã, sai pra correr.

Tem me falado, de quinze em quinze dias, que vai tomar uma com os amigos da pelada, na qual ele vai toda quarta à noite e, uma vez por semana, que vai pra massagem, depois do serviço.

As coisas não mudaram em relação ao nosso sexo. Pelo contrário, ele me procura mais e quer meter até mais de três vezes durante a semana.

Eu acho que ele está mais viril, mais excitado. Ele não me deixa quieta, se eu desse... Ele queria todos os dias.

O problema é que nem sempre estou a fim. Eu também canso.

O Júnior ainda é pequeno, me demanda demais e tem dia que chego morta do trabalho. É muita exigência, o tempo todo.

Maria Antônia, uma moça que faz unha no mesmo salão que eu, me disse que encontrou com ele na clínica de estética que ela frequenta. Ela me disse (e eu não sabia) que lá pode escolher fazer massagem com homem ou com mulher e, ainda, como se não bastasse, ela tinha ficado sabendo em *off* que algumas garotas dão um agradinho extra depois das massagens. Elas não transam com os clientes, mas batem uma. Fazendo isso, elas ganham uma gorjeta cinco vezes maior que o valor só da massagem.

Depois dessa, fiquei muita puta. Aliás, eu vou me tornar uma dessas massagistas da clínica e vou aparecer lá pra fazer massagem nele.

Me aguarde!

25/11/2017

Fui à clínica saber se eu podia fazer massagem só à noite. Por minha sorte, lá pagam por hora. Felipe vai ver o que vou aprontar.

Fiz uma entrevista com a dona. Ela é bem atraente e também faz massagem – até pensei se não era com ela que ele fazia – nessas horas, imaginamos tudo. A cada uma que passava na minha frente, eu imaginava se era com aquela que Felipe estava tendo prazer extraconjugal.

Dentro de três dias, a dona da clínica vai me dar um retorno para ver se serei contratada. Só aceitei porque a gente pode escolher o cliente. É claro que eu vou fazer isso, só que com meu namorado. A sorte é que já fiz muita massagem na minha vida... Na verdade não fiz, recebi massagem, mas tenho a manha de fazer. Tive que fazer uma relaxante na proprietária.

Felipe vai ver que ele não pode brincar comigo. Não brinco com ele.

Tomara que eu esteja certa: se está tendo um caso, está tendo lá.

...

Fui contratada.

Logo no primeiro dia, peguei a lista de clientes a serem agendados. Lá estava o nome de Felipe. Logo, coloquei meu nome na frente do dele.

Branca, uma das meninas que fazem massagem, pegou a lista e me perguntou se eu conhecia o Felipe. Ela me disse que estava acostumada a fazer massagem nele e perguntou se eu poderia trocar com ela.

Disse que sim.

A massagem estava marcada para amanhã.

Pensei em deixá-la ir, entrar na sala repentinamente e dizer a ele que quem faria a massagem seria eu, pois tinha arrumado trabalho lá, à noite, para completar a renda.

...

Ontem peguei Felipe no flagra.

Branca entrou na sala; me escondi para que ele não me visse.

Logo, peguei a chave reserva, uma que abria todas as portas.

Abri e peguei os dois se beijando.

Fiquei furiosa. Pedi pra ela sair. Ela não entendeu nada. Saiu.

Ele veio se explicar e eu disse: "deita aí, você vai ver o que eu farei com os clientes agora. Aliás, você sabe muito bem o que as massagistas fazem aqui. Posso fazer em qualquer um isso!" Peguei no pênis dele... Murcho, claro! Ele estava em estado de choque.

Fomos para casa.

Lá, conversamos muito. Ele veio me dizer que nossa relação estava tediosa, mas que me amava, que jamais me deixaria por outra mulher. Eu lhe disse: "mas eu posso te deixar".

E continuei: "Quer dizer que, porque estava tediosa para você, você foi procurar ter um caso? Já pensou se eu fizesse o mesmo com você? Você gostaria?" Ele: "Claro que não".

"Pois é. Não é assim que a gente resolve as coisas, mas...", disse a ele.

Não me deixou falar mais nada.

Só me disse que conseguiu acender a chama por mim através do casinho que teve com a tal Branca. Me falou que eu o tinha deixado de lado desde que Júnior nasceu. Que eu deixei de ser mulher dele pra ser só a mãe de Júnior.

Ele disse que fez massagem com ela três vezes, mas que foi isso que fez a relação ficar melhor, não só sexualmente, mas que serviu para nos unirmos novamente. Continuou falando que não entendeu bem o que aconteceu, se eu já estava desconfiada e resolvi dar mais atenção para ele, se eu passei a ser mais mulher e menos mãe, desejando-o mais.

Felipe me disse que sexo não tem a ver com amor. Que nunca amou ninguém como me ama. Disse que sexo é algo que um homem pode ter com qualquer uma, não só com a mulher que ama. Que pode transar muitas vezes com uma mulher e isso não significar nada para ele, só por satisfação mesmo, sem afeto, por pura eliminação de tesão acumulado ou fome de gozar.

Me disse que não chegou a ter relação com ela, mas que, se tivesse tido, não teria deixado de me amar. Disse que, do jeito que está nossa relação atualmente, ele só quer a mim e me prometeu não se aproximar de outra mulher. Me pediu perdão, disse que errou, que não foi correto mesmo o que fez, aos prantos, desesperado. Parece ter se arrependido.

Não sei o que pensar.

Mas tenho que admitir que nossa relação realmente melhorou. Ele prometeu não procurar mais mulher, porque a única que ele quer sou eu.

Disse a ele que estava confusa, que ia pensar em tudo o que tínhamos conversado.

Estou mesmo! Não sei o que pensar. Mas amo Felipe.

ANA CECÍLIA
48 ANOS

12/04/2017

Tinha 30 anos de casada. Uma vida inteira juntos. Muita coisa aconteceu. Namoramos por anos. Casamos, trabalhamos muito, viajamos demais, rimos, dançamos e curtimos pra valer a vida. Tivemos duas filhas.

Hoje, as meninas estão adultas. Uma é contadora, casada com uma enfermeira, e a outra é professora de faculdade, casada com uma mulher trans. Vivem super bem com suas companheiras. São felizes.

Eu não sou. Eu fui feliz.

Hoje não me sinto tanto. O problema da felicidade é esse. Se você já sentiu os dois extremos de forma muito nítida, você sabe bem quando não está feliz.

Meu ex-marido é alcoólatra. Somos separados.

Viver é uma grande caixa bem lacrada: "Vamos desembalando aos poucos e, a cada durex tirado, vem uma surpresa", dizia minha avó. Nunca pensei que um dia isso tudo aconteceria na minha vida.

Meu único irmão faleceu de câncer. Logo depois, uma grande amiga.

Hoje tenho a nítida consciência de que vivi anestesiada durante anos a fio da minha vida. Não me lembro de quase nada do que se passou comigo. As memórias se apagaram; do nascimento das meninas, do dia do enterro das pessoas queridas... Várias memórias... Se foram...

Namoro por um tempo com um coroa. Depois, banco um jovenzinho, só pra ele me dar o que preciso: seu corpo e seu carinho. Depois, passo para um de meia-idade. Tenho aventuras que me fazem tirar os pés do chão e viver como Alice.

Até que, um dia, ou eu me canso de ser Alice, ou eles se cansam da Alice. E tudo vai por água abaixo. Vida de Alice cansa. Não tem aquele livro, *A insustentável leveza do ser*? Como é mesmo o nome do autor? Kundera. Viver no paraíso cansa. Chega uma hora que a leveza toda, que é aparente, não se sustenta.

Vivo assim. Visito meu ex-marido na clínica de recuperação uma vez por mês; cada hora estou com um namorado; viajo para fora do Brasil, às vezes acompanhada deles.

Vou até minhas filhas, elas também vêm. Mas eu vou mais, tenho mais disponibilidade que elas. Uma está em São Paulo e a outra, em Fortaleza. Não tive netos, não quiseram adotar.

Beethoven é o meu gato. É ele quem me faz companhia. Converso com ele, mas não me responde, não me faz carinho, não pode ir pra cama comigo me dar prazer.

Abraço meu travesseiro e uso meus artifícios para me relaxar.

Tomo meus remédios, me visto cheirosa e com minhas camisolas atraentes e uso "ele" quando estou querendo e não tenho, naquelas noites solitárias em que me encontro com vontade de sentir prazer. "Ele" é o meu número, se encaixa como uma luva e tudo fica provisoriamente resolvido! Só para você mesmo que tenho coragem de contar isso.

Tenho vergonha! Comecei a usar depois de velha.

Vivo assim. Eu comigo! Mas... Ao mesmo tempo, acompanhada às vezes por Peter, meu número! Ele não deixa de ser um companheiro, vem na hora que quero, na hora em que o tiro da caixa. Ele não me deixa na mão.

Tenho muitas amigas do Direito. Conversamos muito. Nos encontramos de dois em dois meses. É divertido demais quando saímos – a turma.

Hoje estou chorosa! Combinei de encontrar com Antônia, uma grande amiga.

25/04/2017

Hoje sairemos todas – nossa turma do Direito. Direito, o curso, e direito de sermos livres. De sairmos para papear (risos).

Somos dez, só mulherada. Uma turma que vem desde o primeiro ano de faculdade e se mantém até hoje. Somos até mais do que amigas umas das outras. Você vai entender por quê.

É interessante que a turma é formada por mulheres divorciadas e casadas – apenas uma é solteira; essa é filha única, cuidou a vida toda do pai, a mãe morreu quando ela estava na metade da faculdade.

Das outras nove, sete são divorciadas; uma não suporta mais continuar casada; a outra, pode-se dizer, aguenta o casamento.

Antônia, a que não suporta mais o casamento, vive há 27 anos com o marido. Ela está com ele porque tem pavor de ficar sozinha, desamparada.

Eu acho que o casal que se sente completo em tudo e que é a única fonte de sustento existencial um do outro dificilmente se separa.

Estou chamando de "sustento existencial" quando as pessoas que só sabem viver porque têm alguém que fala, dirige, estabelece normas, regras e leis ao outro, que obedece ou aceita passivamente.

Os dois sempre pensaram de forma exatamente igual. É monótona a relação, parecem um; isso é muito enfadonho, a meu ver. De uns dois anos pra cá, Antônia saiu para fora da caixa. Hoje, tem uma cabeça bem mais evoluída que a do Zé, seu marido. Ela se formou e não exerceu a profissão: ele pediu que ela trabalhasse com ele em sua loja de utensílios domésticos.

Ela já não aguenta mais ver como ele é atrasado, cabeça-dura. Ele quer continuar estabelecendo tudo na vida dela como sempre foi, mas ela já não é mais a mesma.

Vitíria nos conta que ainda aguenta o casamento. Arnaldo tem muitos defeitos, como ela nos diz. Ela tem pavor de ter que recomeçar um relacionamento. Fala que deve ser trabalhoso. Vitíria é a mais preguiçosa da turma. Não faz muita coisa na vida. Trabalhou no Direito por alguns anos, na área cível, e depois foi trabalhar com o marido, definindo seu tempo de trabalho por conta própria. Mas, para ela, é melhor ser dona de casa. Ela é dona de uma casa com quatro empregados. Não faz absolutamente nada em casa.

Vive em shopping, comprando roupas, sapatos etc. para ela, a filha e o neto. Além disso, chega de uma viagem e já procura outra para o marido pagar. Ela comanda as viagens. Aliás, comanda quase tudo.

O que ela não comanda, como nos conta, ela o faz pensar que é ele quem comanda. Mas ele não manda em nada. Ela é o poder da casa. Rimos até quando ela diz isso. Adora falar disso, quando saímos, depois de umas cervejas.

O marido é empresário. Ele é um homem chato até mandar parar. Não gosta que ela saia com a gente, liga o tempo todo pedindo para ir embora. E a boba atende.

Nos aniversários dela, ele nos trata com desprezo nas festas que ela faz lá. É um homem grosseiro quando bebe, ficando mais intragável ainda.

Uma vez, o presenciamos brigando com ela na cozinha, num dia de festa. Ele estava reclamando que a bebida estava quente e a comida péssima; xingou-a de incompetente aos berros na cozinha; garçons e empregados presenciaram.

Achamos um absurdo.

Nossa mesa estava bem próxima à cozinha. Ele pintou e bordou com ela, falando que ela não servia nem para organizar uma festa. Mandou que ela pedisse cerveja e vinho gelado numa distribuidora e, quanto à comida do buffet, disse, agressivamente: "joga fora e serve pão".

Nesse dia, o freezer da festa parou de funcionar na metade da tarde. Ela estava no salão de beleza e não verificou, pois o freezer sempre funcionou bem em todos os eventos. O buffet era o que ela tinha costume de contratar, do qual sempre gostaram.

O estúpido, ao invés de ver que o que aconteceu foi uma sequência de imprevistos, acabou com ela no dia da festa. E ela é muito emotiva. Ficou desorientada, naquele dia.

Maristela não aguentou: levantou da mesa e deu uma bronca nele. Você sabe, uma turma de advogadas jamais leva desaforo pra casa.

Com Antônia, acontece a mesma coisa. Ela nos conta as coisas que Zé fala com ela. Ultimamente ele está bebendo muito e tem acontecido com mais frequência... Falamos com ela: "Sai fora, não aceita".

Agora, quanto às outras divorciadas, elas têm o perfil diferente das três de que já falei. Me incluo no grupo das outras. Somos autônomas financeira e afetivamente. Odiamos viver em relações de alienação. Prezamos pela liberdade de sermos o que bem entendermos, não permitindo que um homem mande em nós.

Já reparou que o casamento que dá certo é aquele que tem um que manda e o outro que obedece? Quando o que obedeceu a vida toda resolve se rebelar, descobrindo que o querer dele também existe – ou melhor, que ele existe – a casa cai.

Concorda que, se você só faz o que o outro quer, é como se só o outro existisse? E o que você deseja não conta?

A maioria das mulheres, depois de um tempo de casamento, faz sexo sem ter vontade, com exceção de Edna, que ama. Sem contar aquelas que nunca fizeram com vontade.

A maioria das minhas amigas advogadas divorciadas teve a atração sexual extinta em seus casamentos, por vários motivos: brigas, obrigação de fidelidade, rotina, preocupação no trabalho/família, falta de apimentar a relação com frequência, traições, ou porque cansaram mesmo. Ou ainda: entraram na menopausa e perderam o tesão. E já ia me esquecendo: também por motivos religiosos.

A verdade é que, em relações estáveis, não há emoção. O sexo fica chato, entediante como qualquer outra coisa. As mulheres vão procrastinando o ato, até que não tem jeito e acabam se submetendo ao sacrifício.

O sacrifício tem um limite, porque junto dele uma série de outros fatores surge, como a insatisfação do marido em ver a mulher fazer se forçando. Eu acredito, sim, que, em muitos homens, o tesão surge da excitação da mulher. Assim, se elas não têm, eles também acabam perdendo o tesão. Junto com a idade, as preocupações, os desgastes e os sobrepesos... Tudo desanda.

Mírian – outra amiga do grupo –, até se separar, teve que se especializar em fingir que estava tendo orgasmo. Logo que um dos filhos nasceu, perdeu a vontade. Sempre foram ativos sexualmente. No final do casamento, via filmes pornôs para se excitar e, na cama, fingia estar com o ator do filme, para o disfarce sair melhor. Era casada com um homem que não aceitava o casamento com pouco sexo.

Bem, são muitas histórias...

Uma vez li um livro que tinha uma citação de que jamais me esqueci. Dizia assim:

"O casamento é para as mulheres a forma mais comum de se manterem, e a qualidade de relações sexuais indesejadas que as mulheres têm de suportar é, provavelmente, maior no casamento do que na prostituição" – Bertrand Russel.

Tenho uma memória de elefante. Frases assim, levo comigo, sempre!

É isso aí! Você não ganha como uma prostituta, mas acaba sendo como uma. Dá sem ter prazer, dá por dar... Para ter em troca... Um monte de coisas, inclusive a permanência do fato de estar casada, o fato de ter do marido o que quer... E por aí vai.

Sabe de uma coisa interessante? Há homens que ficam bravos, com raiva, e não dão o que a mulher pede (dinheiro, roupas, viagens, coisas para fazer por alguém...) quando ela não transa com eles. Sabe a famosa greve de sexo? Pois é. A greve acaba quando fica insuportável ficar sem o que o marido dava antes. Isso acontece com as dependentes financeira ou afetivamente.

Meu ex-marido mesmo era assim. Ele mudava numa noite em que queria e eu não. Não era claro assim, mas bem implícito, disfarçado mesmo. Depois de alguns anos, percebi isso...

No meu caso, muitas vezes lhe pedia coisas referentes à vida das meninas, nossas filhas. E, de birra, não dava para elas o que eu pedia enquanto eu não dava para ele.

"Divorciar é libertador!" Todas as minhas amigas dizem isso quando nos encontramos. Claro que tem coisas difíceis numa separação, mas estas são superadas e a liberdade de ir e vir, de ser o que você bem entende que deve ser, é uma das melhores sensações que já senti até hoje.

Eu, Beethoven e Peter, minhas dez amigas, minhas filhas, as coisas que curto fazer na vida vamos indo bem...

10/5/2017

Sumi do mapa, muita coisa aconteceu. Estou de volta para escrever novamente. Sinto falta.

Se lembra da minha amiga Vitíria (Viti)?

Arnaldo, seu marido, perdeu a cabeça e bateu nela. Ela não concordou com a compra de um imóvel que ele queria fazer. Esperou o corretor sair do apartamento e virou a mão nela.

Ela, revoltada, pediu para ficar aqui em casa por uns dias. Voltou para a casa ontem. Resolveu não trabalhar mais com ele e estão sem conversar. Ela ainda não sabe o que vai fazer. Mas está muito mal. Não tem coragem de denunciá-lo.

Além disso, minhas filhas estão de férias e ambas vêm me visitar. Estão vindo para ver o pai (que por sinal está bem ruim de saúde) também, claro. Estava preparando os quartos para recebê-las. Elas vêm sem as meninas, suas companheiras.

A vida é assim: vem um furacão; eles sempre são inesperados em nossas vidas. Se tivesse detector de furacão pra gente, seria uma beleza, não é? Mas não temos...

Então, ia dizendo, temos furacões que derrubam tudo o que veem pela frente em nossas vidas; temos momentos de prazer; temos decepções. Tive muitas, você sabe da maioria...

Vitíria, minha amiga, está sofrendo com furacões na vida dela.

A vida parece que não é uma só. Mas um monte numa só. Tanta coisa muda que a gente acha até que é outra pessoa. A vida nos convoca a nos reinventar o tempo todo.

Para receber as filhas, amável. Para falar com Viti, realista: nem condescendente, nem inflexível. Ela está como um bichinho acuado, mas não pode aceitar isso do marido. Estamos todas, as amigas, indignadas. Só pode ser um surto, ele nunca fez isso antes.

Comigo... Comigo? Nossa, nem sei quantas Anas Cecílias eu tive que ser. Às vezes, me pego me perguntando "Você fez isso? Você deu conta disso? Como fez para viver anos com um marido viciado em álcool que não aceitava se tratar?"

Com o que aconteceu com Viti, lembrei que, um dia, quando ele estava muito alcoolizado, recebi um tapa na cara.

Quando soube que as meninas eram homossexuais, foi um choque para mim. Eu aceitei relativamente rápido. Ele nunca aceitou. Começou tomar mais álcool quando soubemos.

Convivi com isso e muito mais, tanto que nem consigo falar aqui; me deixa assustada. Mas sinto uma coragem e uma força dentro de mim que nem sei de onde vêm.

Dois dias antes de as meninas chegarem, vou passar um final de semana em Petrópolis com Marcel, que conheci num barzinho, já há muitos anos. Saímos às vezes; já namoramos. Gosto muito do papo dele. Ele tem uma casa em Petrópolis. Me chamou para ir, eu aceitei. Hoje somos amigos. Ele é muito sozinho também.

E assim é a vida! A gente vive do jeito que dá!

Essas coisas que aparecem, como esse convite, aparecem como oportunidade de buscar oxigênio – quando nos sentindo sem ar, é o gás carbônico que está prevalecendo!

Fôlego, buscar a Alice, aquela de que também já te falei... A dos sonhos, contos de fada...

Precisando, ufa! Fiquei dormindo a semana quase toda no hospital com meu ex-marido. Ele esteve mal demais. Me sinto bem de fazer isso por ele. Apesar de tudo, foi um homem bom para mim.

Ar puro, por favor!!!

MARIA
40 ANOS

2/11/2017

Oi! Voltei pra te falar o que aconteceu.

Hoje, na hora do almoço, fui almoçar sozinha. O pessoal da loja foi almoçar numa churrascaria, mas eu não queria comer carne. Fui andando pela rua sem saber onde eu ia parar, sem rumo mesmo.

Parecia mesmo é que eu nem queria comer. Andar pela rua afora me alimenta, me traz lembranças e familiaridade. Sei bem o que é isso.

Reparei em várias pessoas: mãe com filhos, filhos com pai, pessoas idosas assentadas na praça à espera do tempo, que parecia não passar.

Vi um mendigo pegando comida num saco, no lixo. Isso é algo que me destrói. Muitas vezes, compro algo para dar a eles.

Meu coração dói quando vejo seres humanos comendo uma comida que, se duvidar, nem bicho come.

Vi um cego querendo se assentar num banco de praça, medindo o tamanho do banco com sua bengala guia, pra escolher onde ia se sentar.

Encontrei um menino bem novinho chupando sorvete e a mãe xingando porque ele havia sujado a blusa. Ela perguntou ao menino se ele não sabia que quem lavava a blusa dele era ela.

Mulher ignorante. Será que ela não via que o menino era novo demais e que não tinha a menor noção do que ela falava? Ele não tinha coordenação e nem imaginava que aquela blusa teria que ser lavada, muito menos que daria trabalho à mãe; devia ter menos de um ano. Eu sei que os filhos sofrem demais com pais assim. Coitadinho!

Vi uma freira andando de bicicleta. Ela parecia fazer a melhor coisa da vida dela. Estava sorridente, plena.

De repente, atrás do vidro de uma loja, avistei um adolescente fazendo sua tatuagem, sentindo dor. Fazia cara de dor, mas seus olhos brilhavam de uma realização de satisfação.

Um homem puxando um carrinho lotado de sucata. Como dói ver isso. Ele era osso em cima de pele, de fome. Seus olhos e boca estavam secos de cansaço, sede e desesperança. Até enjoo de tristeza quando vejo isso.

Outra menininha com sua mãe pedindo algo para comer. Olhos de fome e tristeza profunda. Moradoras de rua. Outro enjoo.

Um homem na rua, muito atraente, me chamou atenção. Tinha cheiro de terra molhada. Gosto muito desse cheiro no meu nariz! Olhos de pantera, moreno, alto. Em outros tempos, faria de tudo para conhecê-lo. Claro, depois que perdi Antônio, meu ex-marido. Tempos difíceis!

"Você não sabe da missa a metade", minha mãe me falava sempre isso e agora eu é que falo para você.

Eu só sei que todas essas cenas e outras me fizeram pensar num monte de coisas.

Tenho hoje uma vida estável, pessoal, profissional e financeiramente. Custou muito caro para mim chegar onde eu cheguei. Cometo deslizes de vez em quando, sei que o certo é "para eu...", mas quando vou falar, sai o "para mim...".

Passei por muita coisa, você sabe. Está comigo por anos a fio. Você só troca de roupa quando já não acho espaço para escrever em você. Mas continua meu fiel amigo, aquele que não me julga. Cansei de ser julgada, só a gente sabe o que a gente vive. Ninguém está na nossa pele e dentro de nós para saber o que pensamos, sentimos e vivemos.

Outro dia, estava me lembrando do dia que resolvi não ter mais relacionamentos; do dia que viajei sozinha para fora do Brasil e fiz amigos; do dia que decidi fazer tudo o que EU queria fazer.

Claro que sendo íntegra e andando dentro da lei. Tive vontade, algumas vezes, de transgredir a lei, mas não fiz. Tive muitas oportunidades, até. Fui chamada a cometer crimes muitas vezes. Falo crime para o que não é permitido pela lei.

Depois de viver 40 anos, me sinto com a energia de 30. Tive alguns amores não correspondidos depois que Antônio se foi. Sofri. Foram jogados no vaso sanitário. Me desiludi, porque sofri muito e resolvi não ter mais companheiro.

Fui procurar mulheres. Deu mais certo, mas também não quis mais. Sou feliz assim, saindo com minhas amigas e amigos que foram, todos, com cuidado, escolhidos por mim. Dá muito trabalho namorar. Larguei pra lá.

Tenho orgulho de mim por ter dado certo na empresa que trabalho há um ano e que, hoje, sou a proprietária. Minha vida tinha tudo para dar errado e deu certo.

Andando pela rua, senti cada um que passava perto de mim como se fosse eu. Vivi um pouco do desespero ou falta de afeto e também da alegria de cada um.

Lembrei do dia em que Natália, minha irmã, se foi; dia duro, mês duro, anos que se seguiram... De dor dilacerante.

Ao ver o menino do sorvete com a mãe, pensei que não pude tomar um sorvete com ela e que jamais faria o que aquela vaca fez. Minha irmãzinha nem sorvete conheceu.

Ao ver o mendigo, lembrei de quando não tínhamos o que comer em casa; do quanto é desesperador sentir fome e não ter o que comer. A fome não tem muita cor, apenas uma, desmaiada, víamos tudo amarelado. A cor só voltava quando estávamos de barriga cheia.

Me sinto cega quando não vejo respostas para as perguntas que insistem e gritam por saídas dentro de mim. É assim que me sinto quando não sei como fazer, como agir. Como se não enxergasse absolutamente nada. Cega de tudo!

Lembrei que em uma época da minha vida queria ter feito uma gaivota em mim, no meu punho – uma tatuagem –, mas não tinha dinheiro. A vontade passou? Cadê ela? Foi pra onde? Senti a dor daquele adolescente quando passou pela minha cabeça a dor que senti quando fui cortada... Não pra fazer a tatuagem, que nunca fiz, mas... Você sabe. O enjoo volta sempre...

A bicicleta... A freira andava com um rosto de liberdade. Não posso sentir isso? Será? Nunca aprendi como andar de bicicleta, não tive uma. Aquela expressão no seu rosto me fez voltar ao dia em que minha mãe Dora me adotou. Naquele dia, sim, a sensação era única, de não ter mais que conviver com o inferno com que convivia. Medo misturado com liberdade. Eu tinha 29 anos.

Liberdade sinto também quando tenho meu dinheiro para ir e vir.

Hoje posso tudo! O que você pode fazer, Maria, pra ter orgulho de você com 50 anos? Eu me pergunto.

Vai lá e faz. Morre de bem com você. Você está viva! Podia não estar. Você viveu mais tempo do que era para viver, diante dos perigos que passou e do sofrimento que viveu.

Tem mais coisa que preciso fazer para me orgulhar de mim daqui a dez anos.

Me aguarde!!!

10/11/2017

Hoje vou revelar a você quem eu fui.

Fui uma catadora de sucata. Catava, vendia e sobrevivia. Meus dias eram todos assim, na tempestade ou debaixo do sol de rachar a moringa. Você não vai acreditar, eu sei.

Mas eu perdi meu marido e criei meus dois filhos praticamente sozinha, na rua. Procurava emprego, mas quem daria emprego para uma moradora de rua? Meus pais morreram quando eu era adolescente; embriagados, como meu falecido marido. Natália, minha irmã, foi atropelada com menos de um ano. Eu vi tudo na minha frente, foi pavoroso. Eu é que cuidava dela. Meus pais já tinham morrido quando Natália foi embora.

Comi pão azedo, comida velha, passei fome, morri de dor... Muita.

Dava o que tinha para os meninos comerem e, às vezes, era com água que eu enchia minha barriga; não sobrava nada para mim.

Tinha visões causadas pela fome; via tudo embaçado ou amarelado, como já te disse. Me sentia fraca e frágil como uma casca de ovo. A dor de fome dói mais do que a dor de dente ou a de ter filho.

Sentia cheiro de esgoto na rua. Dormia molhada quando chovia. Só meus filhos cabiam debaixo da lona, eu não.

Menstruada, eu punha blusa velha; lavava e usava de novo. Com o dinheiro que ganhava vendendo sucata, comprava papel higiênico, comida e sabão. Eles duravam por uns dias. Acabavam e ficávamos sem, por muito tempo, às vezes.

Comíamos pão, farinha, às vezes feijão, só em dia de festa. O dia de festa era o dia em que eu vendia muita sucata que apanhava na rua, geralmente das festas nas casas, comemorávamos nosso Natal dois, três dias após o dia 25, quando vendia o lixo do Natal de quem tem casa ou das latas de lixo das ruas. Às vezes, tinha leite.

Nunca roubei, nem fiz mal a ninguém. Deus me guiou. Ele não me punha perto de confusão.

Foi a dona Dora quem me salvou da miséria. Me tirou da rua com meus filhos, um tempo depois que Tonho morreu.

Minha lona era perto da casa dela. Ela via minha peleja, via que eu era uma boa pessoa, que era honesta; teve pena de mim, me ofereceu serviço em sua casa, passei a ter salário e os meninos estudaram.

Tínhamos o quarto dos fundos da casa só para nós; tínhamos banheiro. Eles não sabiam o que era isso.

Os meninos, no dia em que nós mudamos para a casa, chegaram a dormir no chão do banheiro, de tão maravilhados.

Hoje, vou até o quartinho dos fundos e sou tomada por essas lembranças.

Senhora de coração magnífico, bondosa, sentia grande compaixão para com o próximo. Ela foi enviada por Deus na minha vida.

Coitada da dona Dora. O marido faleceu de infarto. Ela ficou deprimida e solitária. Logo depois ela foi para o andar de cima, também de infarto. Ficamos muito tristes. Nessa época, já morava com eles há dez anos.

Aquela sim foi, além de uma segunda mãe, um anjo para nós. Ela não tinha familiares aqui no Brasil, apenas na Espanha. E deixou, logo que o senhor Edgar se foi, um testamento. Nele, ela deixou toda sua herança para mim e para meus filhos. Junto com a herança, deixou a loja de roupas, que hoje sou a proprietária.

Ela deu estudo para os meninos. São adultos, hoje; inteligentes, trabalham comigo, lembram pouco do que vivemos na rua, graças a Deus! Parece que bloquearam tudo.

Minha mãe, D. Dora, me dava folhas para escrever. Às vezes, escrevia em cadernos que achava nos lixos; arrancava as folhas em branco, mais limpas.

Estudei numa escola pública por um tempo, até deixarmos o barraco. Minha mãe biológica me ensinou o pouco que sabia. Ela aprendeu com seu pai, ele estudou quase todo o ensino fundamental. Antes de perdermos tudo, quando fomos despejados do barraco, meu pai foi mandado embora da firma que trabalhava há anos, era assistente de pedreiro. Depois, sem ter onde morar e sem conseguir emprego, fomos morar na rua e não saímos mais. Só saí, mais tarde, por causa da compaixão de D. Dora e Sr. Edgar.

Assim aprendi a escrever, muito mal, mas alguma coisa. Aprendi a usar o "til" muito bem (risos), mas o resto não sabia. Fiz daquelas folhas avulsas meu diário. Se não fosse ele, tinha enlouquecido. Nele, vomitava todo meu sofrimento, meu desespero, e o tratava como se fosse um grande, fiel e único amigo.

Hoje, vejo que, além de amigas, aquelas folhas que viravam meu diário confidencial e aliviante foram necessárias, pois sem elas, teria me matado. Queria registrar a vida toda que vivemos para, primeiro, me aliviar e, depois, para um dia mostrar aos meninos. Acho sim que deveriam conhecer a realidade que vivemos para dar valor à vida que temos hoje.

Sempre quis isso.

Eles já leram alguma coisa. Choraram muito.

Tenho muita gratidão pela D. Dora e pelo Sr. Edgar. Eles foram os pais que cuidaram de mim e dos meus filhos. Nos protegeram e nos amaram. Creio que foi Deus que mandou os dois para minha vida.

Tudo o que sei hoje devo a eles. Completei o ensino médio, fiz curso técnico de contabilidade e vários outros. Eles me prepararam para que eu pudesse tocar a loja.

Sou feliz e eternamente grata a eles.

Herdamos a casa em que moravam, os carros, joias, tudo o que tinham. A casa é muito boa. Deito a cabeça no meu travesseiro em paz e agradeço a Deus todos os dias pela vida que tenho, por Ele ter feito o milagre acontecer.

Ele me fez morar perto da D. Dora. Ele me aproximou dela, fez com que ela me desse folhas e caneta pra salvar meu desespero. Ele me deu tudo o que tenho hoje.

Amém!

Estou chorando com muita emoção.

Emoção por ter vencido a vida. Sou Maria Dirlane, com muito orgulho!

AMANDA
22 ANOS

27/05/2017

Tive uma proposta. Uma proposta talvez indecente para alguns.

Já te contei que namoro Pedro Henrique. Joaquina, minha amiga, namora Felipe. Moramos no mesmo bairro, por muito tempo, quase que na mesma rua.

Saímos muito. Viajamos juntos. Temos os mesmos gostos pra tudo: comida, bebida, política, diversão, literatura, cinema e artes.

Namoramos, os dois casais, desde o início da faculdade de Arquitetura. Nos formamos juntos. Eu e Pedro mudamos de bairro. Joaquina e Felipe permaneceram no mesmo bairro em que morávamos.

Outro dia, conversando com Joaquina sobre a monotonia do meu relacionamento com Pedro, minha amiga me disse também o quanto sentia o mesmo. O mais interessante é que, uma semana depois dessa nossa conversa, ontem estávamos os quatro num restaurante e os homens disseram também o quanto sentiam falta de algo novo na relação.

Eles nos propuseram que trocássemos, por um mês, de namorados. Eu ficaria com Felipe, enquanto Joaquina ficaria com Pedro.

Ficamos, putz... Sem saber o que responder. Olhamos uma para a cara da outra, porque tínhamos falado exatamente daquilo dias atrás e nem imaginamos que para eles também estava um saco.

Fomos para casa, eu e Joaquina, impressionadas com a proposta dos dois, até que começamos a pensar como seria...

Conversamos sobre várias coisas, como: "não consigo pensar em você com meu namorado"; "se nos desapaixonarmos pelos nossos namorados e ficarmos a fim do namorado da amiga?" e "e se Pedro gostar mais de ficar com você do que comigo e quiser de vez em quando matar a saudade com você?"

Pedimos um tempo para eles, para pensarmos. Sabemos que isso não é uma coisa tão simples assim. Será que eles pensaram nas consequências possíveis?

Volto aqui daqui a alguns dias...

29/7/2017

Tanta coisa aconteceu...

Não estava dando para vir aqui te contar. Mas hoje, além de precisar falar com alguém neutro, estou com tempo – tirei licença, estou com uma sinusite muito forte.

Eu e Joaquina tentamos fazer virtualmente, cada uma na sua casa, claro. Não conseguimos!

Nem eu, nem ela. É muito estranho.

Mas conseguimos, há três semanas, trocar de namorado. Fiquei com Felipe e ela com Pedro.

Ficamos por uma semana, sem transar um com o outro. Combinamos, nós quatro, de fazermos tudo combinado. Na semana seguinte, rolou.

Joaquina teve um pouco mais de dificuldade, dentre nós quatro.

Foi muito legal e gostoso até. Nós quatro somos tão parecidos que, por mais estranho que pareça, não achamos tão diferente quanto pensávamos. Foi bem mais tranquilo do que imaginávamos.

Vai fazer um mês e estamos adorando a experiência. Vamos ver no que vai dar...

Felipe faz bem gostoso. Não penso em Joaquina com Pedro.

Combinamos também de não conversamos com o(a) namorado(a) original enquanto estivermos com os pares trocados.

Também resolvemos não sair todos juntos, os quatro, por enquanto. Esse tanto de regra foi surgindo à medida que sentimos necessidade de não fazer ninguém sofrer.

Temos um grupo nosso e falamos, os quatro, só pelo WhatsApp. Outra regra: não podemos comentar nada um do outro, com nenhum de nós quatro, no grupo. Nosso grupo chama-se: "nós 4".

...

Há três meses, estamos vivendo a mesma experiência.

Estamos pensando em morar juntos. Gostamos tanto de nós quatro juntos. Não rola relação homossexual, mas pensamos em poder trocar, como está sendo agora.

Para isso, não pode rolar ciúme. Teremos que respeitar e manter privacidade. Estamos montando um contrato para que todos cumpram as regras.

...

O contrato ficou pronto.

Alugamos um apê mais antigo e estamos pagando todas as contas igualmente. O apê tem quatro quartos. Sendo assim, cada um tem o seu. E o mais legal é que são distantes um do outro. No meio tem uma sala gigante.

O proprietário reformou o apê e transformou cada quarto em suíte, o que também nos dá mais privacidade.

Esta é a primeira noite nele e estamos sem saber como faremos.

Resolvemos que cada um deve escrever o que quer para esta noite, imprimir e colocar no pote.

Temos um pote de recados.

Estamos exaustos. Acho que todos vão querer dormir.

...

Ontem à noite, pedimos uma pizza, brindamos com vinho. Todos estavam meio acanhados, sem saber o que fazer.

Três quiseram dormir e não ter nada com ninguém. Apenas um disse: "quero matar a saudade com meu ou minha ex".

Não ficamos sabendo quem foi.

Eu não fui. Disse que queria descansar.

Combinamos de revelar amanhã. No contrato diz que a maioria vence numa votação.

Estamos adorando o apê novo. Será que seremos felizes aqui? Com que arranjo?

DIRLANE
29 ANOS

27/11/2006

Essa semana Tonho foi embora... Os meninos estão tristes.

Foi mãe, foi pai, Natália e agora é o Tonho. Da família, porque na verdade, já foi é muita gente da rua dos nossos amigos.

Minhas folhas do bloquinho acabaram. Arrumei umas soltas aqui, encardida que peguei na casa de uma dona daqui de perto de nós. Preciso quieta meu desespero escrevendo.

Mais bebeu pinga, foi atravessar o viaduto e uma mulher atropelou Tonho. Chamaram o SAMU, a polícia veio avisar que Tonho tinha morrido.

Pra avisar para os meninos foi difícil. Ele me ajudava a catar sucata na rua e dar de sustento para os filhos nosso, agora eu é que vou ter que sustentar os 2.

Nossa maloca é aqui de frente com o Teatro Municipal, pelo menos eles vão ter a música pra fazer eles mais contentes.

A música tem sentimento.

Carlinho tá com 12, já pode ajudar. Minha outra, a Francisca acho que tá ainda pequena, só tem 10 e ela é mulher, mas mesmo tão nova assim, ela pode ajudar eu acho.

Pelo menos vou ter paz. Tonho estava bebendo pinga demais. Com decepção a gente acaba se recaindo. O desanimo de viver desse jeito é pesado como a fome e a dor da alma.

O dinheiro que era pra comprar comida ele estava era comprando pinga.

O dinheiro que tinha pra comprar a comida era só do que eu catava. O dele ia todo pra bebedeira.

A gente brincava falando que a gente tinha visão de águia e olho de tigre pra enxergar as latas amassadas na rua, os papelões, a coisarada que não servia para os outros servia pra nós.

Tonho chegava era ruim e eu ficava de um jeito que eu não cabia em mim. O nervo me subia pra cabeça, a sorte é que chegava daquele jeito e ia dormir.

Um dia antes dele ir, ele quase que destruiu nossa maloca. Só não acabou com tudo porque tinha policial na esquina. Ia jogar pinga e colocar fogo em tudo. Esse dia tive medo dele. Estava transtornado, não quis me dizer o que tinha acontecido e fiquei sem saber. Ele morreu sem me contar.

Eu só tinha sal e mais nada, nesse dia. Sai na chuva pedindo dinheiro pra comprar coisa para os meninos. Uma dona caridosa me deu leite e pão. Foi o Senhor que me abençoou. Que noite infernal.

Cheguei e vi meus filhos gritando e era de fome.

Coitado de Tonho, quando não bebia era homem bom.

Deu pra beber foi muito de uns tempo pra cá. Ninguém segura um vício, ele é selvagem.

Amanhã vou com os meninos tomar banhu, acho que escreve é banho... sei não. Minha cabeça não tá boa não. Estou zuretinha, desde que ele morreu. Ve os meninos tristes, com falta dele, acaba comigo.

Vou na comunidade aqui perto tem uma aqui pra pedir ajuda da assistente social.

Uma dona aqui perto, mim dá fruta e verdura da sobra do sacolão e mim falou que eu posso pedir ajuda pra ela. Deus vai mim dá força pra conseguir cuida deles.

Hoje o fedor da catinga que sai de dentro de nós tá juntando com a lama do esgoto do bueiro.

Sorte que Tonho arrumou uma lona grossa que não deixa molhar nós 3, quando chove e o esgoto vem aqui, mas o cheiro entra pra dentro.

Peço pra Deus e Nossa Senhora Aparecida me dá paciência e fé porque a única coisa que tenho muito medo é de perder a fé.

Não roubo, não mato, nem ofendo. Isso aí não tenho.

Podia ser uma doida desvairada, minha vida foi doida. Vi muita coisa que pode enlouquecer qualquer um. Agora que estou aqui lembrando que pai e mãe morreram igualzinho Tonho. Ainda bem que eu odeio bebida.

A gente foi morar na rua quando meu pai foi mandado embora do serviço, a gente foi despejado do barraco, igual bicho, do dia pra noite e tudo desabou.

Eu fiquei na rua com 17 anos sozinha, com minha irmã que nem tinha completado ainda 1 ano, quando pai e mãe morreram. Nem gosto de lembrar do medo que eu sentia. Cruz credo!

Minhas pernas estão doendo, a fome começa a chegar, eu tenho que dormir pra ela sumir, porque senão é mais difícil dormir.

Vou ali deitar, amanhã tenho que jambrá, mais um dia de caça.

Tiau amigo

30/12/2006

Passou o natal, amanhã é o ano novo para o povo, pra nós, ano velho. Nada novo.

Nessa vida aqui, muda nada não, tudo é como sempre é.

Única coisa nova é as folhas que a dona que mora ali mim deu.

Dona boa é essa que mora aqui, coladinha com minha maloca.

A dona mora só com o marido, sem filho. Eles falam diferente do povo brasileiro.

Ela é boa com a gente, dá leite pão com café e comida as vezes.

Um dia desses estava conversando com ela.

Contei tudo da minha vida pra ela, contei do Tonho e do atropelamento.

Ela teve dó de mim, chegou a chorar. Queria fazer ela chorar não.

Desde aquele dia que ela me ajuda mais.

Mim chama no portão.

Contei das folhas que eu escrevo com muita dor de coração e as vez de fome.

Falei com a dona que eu tenho sonhos.

Queria ver os meus meninos estudando, queria tirar eles da rua da miséria e da margura.

Meus filhos vê o povo comemorando as festas, e nós fica aqui só olhando pra alegria deles. É muita dureza e sofrimento.

Amanhã vou comprar um feijão pra cozinhar pra eles.

Seu Edigar vai mim pagar amanhã a sucata que eu estou catando tem 3 dias. Lá é só garrafa pet e latinha.

Andei viu, muitos quilometros pra arrumar muitos quilo pra vender.

Sinto falta do Tonho, de quando ele ainda não bebia muito, assim ele era bom comigo. Mim ajudava com os meninos. Cuidava deles quando eu estava estourada de cansada. Ele falava assim: Vai dormir mulher, hoje o seu dia foi árduo.

Será que Deus deu um lugar digno pra ele? Será que ele tá onde? Que esteja num lugar melhor que aqui.

Tonho era esperançoso, mim dava força pra viver para os meus filhos.

Porque que Deus faz isso a gente? Não só com a gente, com todo mundo que está na rua e que sofre muito?

Ele levou o Tonho que eu tinha de amor, deixou eu com meus filhos, que eu também amo, pra mim cuidar. Por que?

Trabalho que nem doida. Meu pé chega a sangrar de tanto andar empurrando carrinho. Os meninos também cansam de andar pra lá e pra cá. Antes escrevia carrim, vi que não escreve assim num cartaz do seu Edigar.

Meu estomago dói de dor de vazio.

Minha cabeça fica zonza de fraqueza de fome.

A música mim distrai, a que toca aqui do teatro.

Sinto dor de ve meus filhos comer pouco, as vez eles choram querendo qualquer coisa pra comer.

Tem dia que tem fubá e sal, tem dia que não.

Minha mãe mim falava que quem tira a vida é o Pai criador.

Eu peço Deus as vezes, num dia duro de fome, pra Ele tirar a nossa.

Não aguento ve meus filhos com fome e sede e dor. Meu peito chega a arder.

Ela falava que pensar isso é pecado, mas eu penso Deus mim intendi, Ele ve o que a gente passa de sofrimento.

Outro dia Carlinho estava com dor de barriga fazendo mole nas calça, deve ser lombriga, pedi Deus pra dá saúde, animo e força pra dor dele.

Francisca tem dor de dente as vezes, arrumo remédio pra ela, dipirona melhora. A dona que mim dá as folhas pra mim escrever, mim dá o remédio também.

É muita peleja que eu não sei onde arrumo força pra ta viva.

A música dos shou, (sei não, mais acho que assim que escreve) do teatro famoso aqui, alivia nós.

Tranquiliza, faz ate dormir, tem dia que só de ouvi distrai a fome

Vo dormir que é melhor

29/01/2007

Aconteceu um milagre

Sabe a dona que mim da as folhas e mim ajuda com remédio e comida?

Ela mim chamou pra larga a rua e ir morar no fundo da casa dela com os meninos.

Gloria a Deus ele ta abençoando nós.

Ela mora só com o marido e eles não tem filho.

Falo que vai botar meus dois na escola e pagar tudo pra nós.

Até eu vo estuda porque eu fui pouco pra escola.

Parece que o milagre existe e agora nós vão viver numa casa com banheiro

Ela sabe que nós são do bem que não fazemos mal pra ninguém, não roubamos, nem nada.

Hoje mesmo vamos dormir lá.

Vou trabalhar pra ela e estudar. Ela mim disse isso.

Perguntou si eu queria mudar de vida ou si gostava daquela vida nossa.

De jeito nem um, eu falei com ela.

Vo dá ela tudo de mim, ela não vai arrepender.

25/11/2007

Muito tempo que não venho falar com você, né? Não dá tempo pra nada, muito trabalho e estudo. A noite, quando assusto, o dia acabou e eu to arrebentada, meu olho fecha sem eu querer, meu corpo doi, minha cabeça ferve.

Você meu querido, agora tem um lugarzinho num caderno que arrumei – limpo, com folhas inteiras e grandes.

Já muito tempo morando com dona Dora.

Entrei pra escola, vê como já estou escrevendo melhor? Os meninos também estão estudando, mas em casa com professora que alfabetiza. Trabalho o dia inteirinho e de noite vou pra aula com muito gosto e força de vontade. A professora me falou que eu melhorei muito a escrita e a leitura. Sábado também tenho aula. Uma professora vem dá aula aqui na casa pra nós três, todos os sábados. Tenho 4 horas de aula de manhã e mais 3 de tarde, no dia de sábado. Os meninos tem 4 horas só de manhã, (e dia de semana, eu tenho 4 horas de noite, todo santo dia).

O senhor Edgar ajuda a fazer os para casa e trabalho.

A professora disse que eu tenho base. Os meninos estão aprendendo ainda o bê-a-bá. Mas aos poucos pega. Eles são inteligente e esperto.

Faço de um tudo aqui pra Dona Dora. Sou agradecida a ela por tudo que fez pra nossa família. Sinto tanta emoção dentro de mim que tem hora que acho que tudo é só um sonho. Tenho medo de perder tudo, tem hora.

Já quase sei usar os acentos. Já sei falar mais certo. Muitas palavras não escreve do mesmo jeito que a gente fala. Os pontos ainda não sei bem. Vírgula está vendo? Eu pus.

Nunca falei de você pra elas, (as crianças). Tenho vergonha dessa folharada suja e escrito tudo errado. Mais você que me salvava do meu desespero da vida que eu tinha, esse é o seu valor na minha vida. Você me sequestrou da tristeza e até da morte. Foi o único e melhor sequestro da minha vida. Aprendi há poucos dias essa palavra, sequestrar, nunca tinha ouvido falar nisso. Coisa de gente rica. Pobre não é sequestrado não. A professora contou uma história que falava assim.

Os meninos estão vivendo como num castelo, como rei e rainha vivem. Tem banheiro para tomar banho e fazer as necessidades deles, de forma humana, não igual bicho. Até escovam os dentes.

Tem prato de comida pra comer. Nós fizemos exames de tudo para ver se tem alguma doença. Eles fizeram até plano de saúde pra nós.

Deu verme e umas coisas nos exames, que eu não entendo é nada. O médico está tratando. Tomamos ferro, umas vitaminas, o médico que receitou, sei não o que é.

Todos os cuidados que uma mãe e um pai tem que dar para os filhos, eles dão pra nós três.

Me impressiona a bondade deles. São pessoas magnificas, de coração bom. Deus escolheu nós três pra eles cuidarem no lugar dos filhos que não puderam ter. (ponto final tem que por)

O QUE EU SEI HOJE DA VIDA É QUE ELA TRAZ É MUITA SURPRESA, JAMAIS ESPERADA, PRA NÓS!

Veja pela minha!

LUÍZA
23 ANOS

17/09/2017

Hoje resolvi te contar do meu trabalho.

Ontem à noite, eu e Atlla resolvemos sair pra curtir a noite em Sampa. Não saímos com clientes, nada de trabalho.

Fomos a um barzinho superastral; nos sentimos numa floresta extravagante, árida e molhada, cheia de novidades. Louco. Sim, sabe essas coisas diferentes, que nos surpreendem e nos deixam alucinadas? Então, o bar era assim! Um bar do futuro, de livro de ficção. Empreendedorismo misturado com futurismo mesclado com erotismo e sonho.

Sim, sonho! Eles não são sem pé nem cabeça, loucura total? Pois é, era exatamente assim aquele bar/restaurante. Nem ele, nem a nossa conversa não saem da minha cabeça.

Vou te contar sobre o bar ou restaurante – nem sei o que aquilo é!

Antes, quero muito falar da minha conversa com Atlla.

Ela me disse o quanto tem pensado e observado o fato de a maioria dos nossos clientes milionários, banqueiros, empresários e políticos – raramente algum pé-rapado –, que ficaram ricos da noite para o dia (vai saber com o quê?), tem nos procurado às vezes só para conversar. Pagam caro para isso!

Na hora H, muitas vezes, eles começam a contar as coisas da vida deles e desistem de... A gente vê claramente que querem é conversar.

A maioria está com seus casamentos, namoradas ou casos por um fio. Se sentem entediados com a relação. Elas já não querem mais saber de ouvi-los à noite – às vezes, também cansadas do dia intenso que muitas têm.

Eles nos contam que sabem que muitas das suas mulheres têm casos, mas não se divorciam por ser complicado demais, devido ao patrimônio ou devido a problemas com os filhos ou... Por outros motivos.

Me lembrei agora da fala de Lincoln: "Gosto da minha esposa, temos uma história de anos juntos, mas ela não sabe como fazer do jeito que eu gosto – como você e várias outras que pego quando viajo. Mulher quente é diferente de mulher que tanto faz... Tem mulher freezer, como a do Tales, um amigo meu. Talita, minha mulher, se encaixa na mulher geladeira: não liga pra nada disso; dá por dar."

Eles se sentem sozinhos demais, a fim de desabafar, trocar ideias, pedir opiniões, contar de suas vidas... Nos procuram também para ter carinho erótico. Aquele que vai... Até não aguentar mais e... Outros realizarem suas fantasias eróticas.

Às vezes, rola de trabalharmos juntas para um mesmo homem, numa mesma noite e hora.

Atlla me contou de um dono de concessionária de carro que é doido com a mulher, mas que ela, por ser à toa, não trabalhar – é uma madame –, não tem o que conversar. E ele se cansa, pois só ele fala. Eles não têm filhos e ela não tem nada a dizer, a compartilhar com ele; e tédio é tudo o que ele sente com a tal.

Ele contou que já não aguenta mais. Tá de saco cheio, doido pra chutar o balde.

Antes, quando ele era mais novo, a mulher era sua deusa. Hoje, às vezes não quer nada de meter, só uma boa conversa!

Ele adora Atlla, pois ela conversa sobre tudo e o faz sorrir. É divertida mesmo essa minha amiga! Ela dá notícias sobre política, economia, cultura, empreendedorismo, saúde e, principalmente, fala do coração.

Atlla fez Medicina. Ela não exerce a profissão de médica, gosta de ser como eu. Fez Medicina pelos pais.

No dia em que se formou, disse aos pais que fez o curso por eles; que gosta, mas que não sabia se ia ser médica.

Na verdade, já sabia. Na faculdade, já fazia programas.

Esse cliente de Atlla chega pra ela e fala: "cheguei, doutora deliciosa, vem cuidar de mim, vem me dar o que eu preciso: você toda". Ela lhe contou que é médica, pois o salvou num episódio em que teve uma arritmia cardíaca – ele tem angina. Ele ficou sem entender como ela entendia tanto do assunto.

Acabou tendo que contar.

Falamos e demos exemplos, durante a noite toda, de como os homens andam solitários: ou porque suas mulheres são frias ou umas babacas ou porque são fúteis ou porque estão sempre exaustas, trabalhando até morrer... Para comprarem os objetos, os *gadgets* dos seus sonhos, ou para simplesmente competirem com seus maridos, na tentativa de mostrar que também podem!

Essa merda de empoderamento acaba avacalhando muitas mulheres. Parece que a maioria não sabe usá-lo a seu favor e acaba se dando mal.

Muitas tomam o lugar de poder, colocando seus maridos como menores na relação. Diminuem e até menosprezam seus pares. Isso às vezes custa a falência de um amor que podia durar...

Outro dia, um cliente empresário chegou me dizendo que a mulher dele parece o macho da casa. Ele disse: "Ela quer me mostrar que sabe mais que qualquer um, que é mais competente. Só me põe pra baixo e ela precisa ficar por cima em tudo". Contou que, num jantar com um casal de amigos, ela "meteu o pau nele", dizendo que ela era melhor que ele nisso e naquilo.

Ele ficou furioso com a mulher; disse que ela virou uma mulher intragável. Achei engraçado. Brinca que está casado com um homem de buceta.

Na verdade, não há diferença entre homens e mulheres. Mas sinto que as mulheres às vezes excedem, se colocando como as que detêm o poder. O poder não é fixo, ele circula!

As mulheres que se sentem menos precisam se colocar como leoas. As que são seguras não precisam mostrar nada, pois apenas são e isso basta.

Eu e Atlla somos.

Somos o que somos, porque amamos o que fazemos: conhecer histórias variadas, formas variadas de ser, de fazer e de viver, como eles... Ficando cada hora com um! Esse mundo é o nosso. Escolhemos ser isso. Temos prazer em dar prazer. Entenda como quiser!

Ah, depois conto sobre o bar! Outro dia! Já são quase 20 horas, preciso me arrumar. Tenho um cliente num escritório de advogados associados. Ele quer... Em cima da mesa do seu escritório, hoje, às 21h.

30/11/2017

Viajei e voltei ontem. Fui contratada por um empresário em Santa Catarina; me viu no site e se apaixonou por mim! Engraçado isso, né?

Apaixonou só pelo intervalo de tempo entre o momento em que me viu no site e o instante após o nosso encontro.

Foi um encontro até gostoso.

É o tipo de cara que não quer só meter; quis conversar, jantar, tomar um *champagne*; curtir a vida (coisa que não consegue fazer com sua esposa, que, segundo ele, não tem tempo para ele).

Me contou que há três meses a mulher não transa com ele. Estava sem entender. O problema, na verdade, pelo que ele fala, é que a mulher vive no ócio: faz massagem e ginástica o dia todo.

Ele só dá dinheiro para ela fazer o que quer, comprar o que quer, quando ela dá para ele quando ele quer. Me disse que isso virou um hábito. Ele nem tinha percebido; só percebeu quando viu que um amigo também agia assim com sua mulher. Disse que, no caso dele, era bem inconsciente. Ele fazia isso sem perceber.

Ele tentou conversar para saber por que não queria mais transar com ele. Ela disse que não sabe o porquê; que procuraria ajuda.

Fábio sempre transou com garotas de programa; me conta que repete só "as especiais". Repete com poucas. "É difícil achar garotas assim, é difícil eu gostar do jeito como fazem. A maioria é padrão", disse.

Eu comentei que a mulher dele era como uma prostituta para ele. Ele dava dinheiro e ela dava para ele. Ele me disse: "Sim, acredita que só percebi isso outro dia? Como lhe disse, a diferença é que eu acho que ela só transa comigo".

Jantamos num restaurante de comida típica catarinense, tomamos *champagne* e fomos para um flat dele; ele disse à mulher que estaria num jantar de negócios na cidade vizinha e que, por beber no jantar, voltaria pela manhã no dia seguinte; dormiria num hotel da cidade.

O curioso é que ele não quis quando chegamos. Conversamos por duas horas e ele foi dormir: disse que a semana tinha sido intensa, que sente muita vontade de manhã e que, logo que acordasse, viria me procurar como um *guppy*. Ele me disse: "Conhece o *guppy*? Um peixinho que copula mais de cinco vezes por minuto; energia e virilidade não lhe faltam". Me disse que eu conheceria um *guppy* nas horas seguintes e fomos dormir.

Contei pra ele que já li algo no jornal britânico *Mirror* que dizia que a hora do dia em que o homem mais produz testosterona é pela manhã (de 25% a 50% mais do que em qualquer outro momento do dia).

Isso porque a glândula pituitária, que produz testosterona, é ligada à noite; e quanto mais profundo o sono, maior a produção. Então, conclui, não é à toa que ele sente mais vontade de manhã.

O pior é que as mulheres sentem mais vontade à noite! Complicado, não é?

Foi o que aconteceu.

O cara estava seco.

Parecia que não metia há meses.

Não queria parar.

Transamos a manhã inteira. Só parou porque tinha que voltar para a casa dele, pois seu filho ia almoçar na sua casa naquele dia.

A mulher já tinha ligado umas quatro vezes.

Voltei pra casa. Gostei da experiência!

Eu e Atlla sairemos amanhã, vamos naquele bar legal de que lhe falei.

O bar tem vários ambientes. Em cada um, os cinco órgãos do sentido são explorados de uma forma. Cada ambiente tem uma cor específica, um cheiro, uma música; a estimulação tátil também varia. Variam o vasilhame, os talheres, os tecidos da cadeira e da toalha de mesa.

O ambiente é decorado por quadros e obras de arte com temas completamente inquietantes.

Coisas inabituais acontecem nos ambientes – como um palhaço que chega de repente para jantar.

No ambiente verde, saladas exóticas são servidas, sobremesas de tons variados de verde são excepcionalmente deliciosas. Lá toca blues; o cheiro é de ervas; o vasilhame tem formato de folhas e talos.

O palhaço chega e janta acompanhado de uma mulher, como se não estivesse vestido de palhaço, como um cliente mesmo. É um palhaço verde, sua roupa parece uma folha de alface com a peruca de brócolis. É muito interessante, diferente e burlesco. Há esculturas feitas de manteiga esverdeada, melancias verdes por dentro decoram o ambiente.

Nessa sala, há verdadeiras obras de arte – enormes, com detalhes de variados tons de verde.

Um outro ambiente, branco, tem um unicórnio branco na parede: sai da narina dele, de tempos em tempos, ar puro para respirarmos... Conhecemos só esses dois ambientes.

Cada um num dia.

As outras salas são fechadas. Você só pode conhecer a sala que escolheu para jantar.

As outras não podem ser conhecidas por curiosidade, mas só com reserva.

A cor tem a ver com o cheiro, que tem a ver com a comida, que tem a ver com todo o resto, num contexto excepcional, agradável e impressionante. A comida é feita em cada sala por um chef da alta gastronomia. Há quadros que nos remetem à paz.

Amanhã, iremos ao rosa. São dez ambientes; a reserva tem que ser feita seis meses antes.

Logo que inaugurou, Atlla reservou todos para irmos. Sempre que ela está aqui, vamos num. Ela tem viajado muito; é uma garota de programa internacional, viaja o mundo todo. Ela faz sua agenda assim: vai para a Itália e atende todos os clientes de lá; vai para a Noruega e atende todos os clientes de lá.

Eles dividem o valor de suas passagens e hospedagem nos hotéis, além do valor do serviço – que é bem salgado. Ela cobra na moeda local.

Preciso descansar! Boa noite!

10/12/2017

Hoje me ligou um cara querendo que eu fosse até a casa dele. Inicialmente, achei estranho o seu jeito bem humilde de falar.

Não atendemos clientes nesse perfil – não por preconceito, mas porque somos mesmo profissionais de luxo e o perfil, de acordo com o que cobramos, é outro. Meu atendimento vale R$1.500,00 a cada duas horas. Atlla cobra R$1.800,00.

Ele marcou de me encontrar num edifício onde sei que funciona um banco. Estou receosa de ir. Vou pedir para Edmundo ir comigo – ele é nosso segurança para alguns casos. Pagamos a ele mensalmente para nos acompanhar (a mim e a Atlla) em casos de suspeita.

Vou lá ver qual é a desse cara.

...

Fui.

Ele é um fazendeiro muito simples mesmo que não mora aqui, mas que tem um apartamento no prédio do banco. Mas ele é muito simpático, agradável até.

Conversamos muito. Me contou de sua fazenda, que era casado e que tinha cinco filhos e três netos.

Ele não parece ter a idade que tem. Parece ter bem menos. Se casou com 18 anos.

Hoje, tem 45. É realmente humilde; tem aquele sotaque do interior de Goiás, onde mora. Planta de tudo um pouco, ele disse. Exporta café, soja e milho para vários países.

Parecia que queria uma companhia para passar a noite conversando com ele, pois me disse que, quando vai pegar o avião, não consegue dormir nas noites que antecedem o dia do voo. Diz ter muito medo.

Fechamos um pacote e passei a noite com ele. Me pagou R$ 4.000,00. Tomamos um vinho, jantamos no apartamento dele. Ele pediu uma comida num restaurante indiano perto do prédio. Disse que havia almoçado lá várias vezes e que adorava a comida.

É um homem viajado, apesar do medo de avião.

Falou que a esposa teve um caso com um peão da fazenda e que, depois disso, ele também passou a ter vários casos.

Me contou "causos" – como ele diz – do pai dele, que, num duelo por causa de terra com um inimigo, matou e foi morto.

Aprendi muito com ele. Me deu várias lições de vida. Disse que a vida é um jogo e que você pode não jogar para não perder nada, mas também nunca vai ganhar (gostei disso!); que dessa vida a gente só leva o amor dentro da gente, que a gente viveu com as pessoas, ou as maldades que fizemos com os outros – ou as intrigas –, mais nada.

Contou que ele deu coragem para a mãe dele morrer, pois ela sofria de dor com um câncer e que a morfina e os remédios equivalentes não faziam efeito. "Ela estava com medo de morrer", disse. Ele contou que um dia se assentou ao lado dela – ainda muito fraquinha – na cama e disse: "mãe, o papai quer ver você". O pai havia morrido há seis meses de infarto. Disse que apertou a sua mão; ela deu uma piscada de olho para ele e se foi.

Disse que gostou de mim e que quando voltar a São Paulo vai me procurar.

Tive boas experiências nesta noite com ele. Ele tem uma forma de ter relação sexual bem diferente de tudo que já vi.

Muito curioso!

Vou te contar um segredo: tive orgasmo com ele. Faz gostoso demais. Isso é muito raro de acontecer. Mas ele, rapidinho, me deu um orgasmo maravilhoso. Um não... Tive vários...

Tem a manha o velho!

Ele tem mais experiência do que eu. Acho que eu é que tinha que ter pago a ele. Me ensinou várias coisas sobre sexo que eu não sabia.

Não dei nada por ele. Me surpreendi com tudo. Fiquei com ele de meia-noite até as 6 horas da manhã. Ia pegar o voo às 8h45.

Senti uma coisa diferente com esse homem.

Somos muito profissionais. Não nos envolvemos nunca.

Bem... Quase nunca!

Somos imparciais, neutras. Mas não somos robôs.

MILA
32 ANOS

23/09/2017

Estou apaixonada.

Tem o perfil de homem que deu certo na vida. Estou cansada de homens que só têm atitudes vacilantes.

É um advogado lá do escritório. Está lá há três meses. No terceiro dia após sua contratação, me chamou pra sair no final do expediente. Fomos num lugar muito diferente: era um local cheio de escritórios, como um *coworking* – sim, era isso –, nunca tinha ido num. Ainda é coisa nova aqui na cidade.

Ele veio do Rio. É um menino do Rio – menino mesmo, pois tem 27 anos. É cheio de energia: faz *crossfit* e aula de alemão. Passou na prova da OAB de primeira. Morou na Suíça por um ano e depois em Bali, por nove meses, logo depois que passou na prova.

Hoje, faz cursinho para tentar ser juiz. Dá pra ver que o cara é esforçado e muito competente.

Não sei o que esse cara viu em mim. Sou mais velha do que ele, acabei de me formar em Direito e não estou à procura de homens.

No momento, estou focada no trabalho. Lá no escritório tem um monte de mulheres bonitas, atraentes; até estagiárias novinhas e sedutoras. O que ele viu em mim?

Alex é maravilhoso e tem um charme de endoidar qualquer mulher! Tipo o cara do livro: "5o tons"...

Voltando ao dia em que fomos no *coworking*, ele pediu que eu esperasse e foi conversar com um amigo. Falou uma dúzia de palavras com esse cara e saímos.

Me perguntou se eu queria ir para o apart-hotel em que ele estava, provisoriamente – estava procurando apartamento para alugar. Eu disse que sim e fomos (fui com um frio na barriga!).

Lá, me perguntou se podia tirar o terno e ficar mais à vontade. Tirou e ficou com uma camiseta de malha branca que estava por debaixo da camisa. Ele estava de cueca boxer branca.

Tudo o que me enlouquece!

Adoro boxer branca e o que está dentro dela. Adoro o sabor de *gin* na boca de um homem, uma voz rouca e cheiro bom.

Falando em cheiro, o quarto dele tinha cheiro de cereja. Não entendi de onde vinha aquele odor claramente perceptível da fruta.

Cheguei a pensar que era um daqueles cheirinhos que usamos... Parecia com o cheiro de um desodorante íntimo com que ando na bolsa.

Continuamos no *gin* e fomos contando sobre as nossas vidas. Ele toda hora passava a mão no cabelo liso que caía nos seus olhos castanhos a todo instante. Tem um charme, o cara... Diferente!

Me senti à vontade. Tirei meu salto e pus os pés no sofá da antessala. Fui ao banheiro logo que chegamos, tirei meu sutiã (que me apertava) e guardei na bolsa. Dei uma melhorada no visual: passei um corretivo, lápis, batom, passei meu lencinho – que levo sempre na bolsa – nas minhas axilas, meu perfume íntimo (aquele cheirinho) e um outro em mim toda!

Conversamos a madrugada inteira. Nos sentíamos cada vez mais conectados. Demos boas gargalhadas, nos emocionamos juntos, choramos, bebemos e nos sentimos felizes por estarmos ali, um com o outro.

Alguma vez na vida você já sentiu que não poderia estar em outro lugar se não ali, com aquela pessoa? Que tudo estava perfeito? Foi o que ambos sentimos!

Ele me contou da última namorada: viviam pra transar, jantar e viajar. Não faziam nada mais quando se encontravam, de 15 em 15 dias. Ela morava em Curitiba. Ele ia de 15 em 15 dias, aos finais de semana, pra lá.

Terminaram porque ela foi para Málaga, na Espanha. Mas, também, porque o namoro já estava sem graça. Ela era uma blogueira famosa.

Ele quis saber se eu estava com alguém. Não estou. Fazia um mês que eu tinha acabado de terminar com um namorado que só me fazia sofrer. Fiquei com esse merda por um ano.

Depois de batermos um longo papo, ele se assentou ao meu lado e me deu um beijo que me fez delirar... Na hora, me veio à cabeça que ele seria meu. Ele desabotoou minha camisa, lentamente, olhando fixamente nos meus olhos; abriu o zíper da minha saia e foi delicadamente abaixando-a. Eu estava de *body*; ele enfiou os dedos por debaixo do *body* e...

O telefone dele tocou às 6h40 da manhã. Ele não queria atender, mas tocava insistentemente. Acabou atendendo.

Era uma chamada de urgência. Colocamos a roupa e ele teve que sair... Desesperado.

Não me disse nada. Mandou a chave da porta para mim, disse pra me vestir, trancar a porta e levar a chave. "Depois explico, preciso ir", foi a última coisa que disse antes de deixar o quarto.

Agora, estou aqui em casa. Não consigo dormir.

Ainda não deu notícia!

24/9/2017

Alex saiu desesperado, naquela correria de ontem, porque seu pai tinha ido para o hospital. Ele teve um infarto fulminante e morreu.

A mãe ligou apavorada, pois estava a caminho do hospital.

O pai sentiu uma dor forte no peito e no braço, chegou ao hospital, mas não resistiu.

Alex está desolado. Morou muito tempo fora. Segundo ele, curtiu pouco o pai – que admirava e amava.

O enterro é hoje. O dia está triste. Estou tão triste como ele; sinto a dor dele. Parece que eu conhecia o pai dele.

Preciso ir, ele precisa de mim.

28/9/2017

Você não vai acreditar! O pai do Alex era um grande amigo de vários advogados lá do escritório. Era um advogado muito ético e admirado pelos amigos. Ele me conhecia, fomos apresentados, certa vez.

Alex ficou satisfeito de saber que o pai me conheceu. Só não ficou satisfeito em pensar que o pai nunca saberia que aquela Mila seria a futura mulher do filho dele.

Acredita que ele disse isso para mim?

Quase tive um troço (risos)!

Fiquei feliz por ter ouvido isso dele. Mas, ao mesmo tempo, fiquei refletindo sobre a ideia de que ainda estava cedo para dizer aquilo.

Tudo entre nós dois estava indo rápido demais. Falávamos em todos os intervalos. Sentia que ele realmente estava decidido e comprometido a ficar comigo. Não estava entendendo o que estava acontecendo. Mas ele me confessou que o que o atraía era a minha simplicidade, naturalidade e espontaneidade em ser o que era. Eu realmente sou assim. Tanto que jamais imaginei que um homem desses pudesse se interessar por mim. Sou simples demais. Nem esmalte colorido uso. Nem maquiagem... Só um batom e um lápis de olho.

Ele me disse que a primeira vez que chegou ao escritório e que me apresentaram para ele, ficou com o cheiro do meu creme em sua boca; adorou o cheiro. Aquilo mexeu com ele, me revelou.

Estou também muito apaixonada por Alex. Ele também é um cara modesto e humilde. Isso nos aproximou um do outro.

Estou com muita pena dele. Alex está muito mal. Tem dois irmãos; ele é o mais velho. A mãe dele é bonitona – me esqueci do nome dela. Ele me disse que os pais estavam quase separados, pois havia acontecido algo entre eles –

sei lá... Brigaram numa viagem (não deu tempo de ele me contar o que tinha ocorrido). Eu sei que a mãe dele estava bem triste. Não sei mais nada da vida dele.

Conheci a irmã e o irmão. Ah, me lembrei do nome da mãe, é Vicky.

30/10/2017

Já tem um bom tempo que não apareço por aqui...

Eu e Alex estamos num romance intenso.

Vivo pela primeira vez esse tal romance, que minha mãe sempre falava que eu tinha que viver um dia.

Ele tem dormido aqui em casa quase todos os dias, pois o *crossfit* e a aula de alemão são aqui perto de casa.

Enquanto ele faz as coisas dele, faço as minhas; vou para meu cursinho, pois farei concurso para juíza. Estou tentando passar já há dois anos.

Além do cursinho, cuido de mim. Vou ao supermercado comprar as coisas saudáveis que gosto de comer e, agora, compro também para ele, claro.

Estou adorando curtir uma vida que tem cara de vida a dois. Faço algo para comermos; tomamos um vinho, às vezes.

Cuido de tudo com carinho para ele.

Sei que está acostumado com coisa boa. Mas sou o que sou: meu apartamento é simples; minhas roupas de cama, toalhas, pratos, copos também são... Mas sou caprichosa. Gosto de tudo arrumado, limpo e cheiroso.

Ele me ajuda a descer o lixo, faz supermercado quando precisa e até arruma a cama...

Ele não existe! É um homem que toda mulher gostaria de ter. Me conta da época em que morou na Suíça e em Bali. Fala que quer me levar lá ainda.

Fala que não se casou por não ter encontrado a mulher da vida dele – mas que duas namoradas já quiseram se casar com ele.

Uma delas era sueca. A outra – acho que já falei dela com você – era blogueira.

Ele fala comigo que encontrou a mulher que sempre quis.

Está chegando da academia suado e gostoso, como sempre! Deixei uma surpresa para ele na cama. Advinha o que é? Um chocolate suíço, que ele adora, junto com um *kombucha* que ele ama, e um bilhetinho escrito: "te amo, meu amor!"

Ele também faz surpresas para mim.

Outro dia escreveu com meu batom no espelho do banheiro; me dá calcinhas, roupas íntimas; compra o que gosto de comer; coloca música quando chega antes de mim e me espera com um vinho aberto (que ele sabe que eu adoro).

Nossa vida está muito gostosa. Parece um sonho. É simples e fácil estar com ele. Me sinto segura. Confio nele. O que mais posso querer?

A vida vai acontecendo no ritmo que ela decide ir.

Antes de amadurecer, eu ficava tentado mudar esse fluxo, mas não adianta.

Tudo tem o momento certo de acontecer.

Às vezes, queremos atropelar as coisas – antecipá-las ou até mesmo atrasá-las. Quando tem que acontecer, acontece!!!

Estou curtindo demais o que estou vivendo com Alex, mas sem idealização.

Ele é o que é. Não fico criando expectativas ou criando o que eu desejaria mais nele. Já fiz isso muito na minha vida e me frustrei, sofri...

Não compensa.

O que tiver de ser... Será!

Vou indo...

INGRID
26 ANOS

22/08/2017

Hoje resolvi escrever coisas duras... E ao mesmo tempo... Loucas, descontroladas...

Quando Sofia morreu, eu tinha 24 anos. Dois anos se passaram e ainda sinto o cheiro, a voz e o toque da minha filha.

Ela adoeceu. Tinha que ter forças pra ela. Os médicos me disseram que não tinha jeito, era uma doença rara e progressiva.

Deixei de existir logo que ela se foi.

Não.

Na verdade, deixei de ser eu quando soube que perderia minha filhinha, que foi tão esperada por mim e por Benício.

Me lembro de minha mãe dizendo: "Pobrezinha, nasceu para adoecer. Por que isso está acontecendo com a gente?" Tia Lila dizia: "Lúcia, isso pode acontecer com qualquer família, inclusive com a nossa. Viver é isso; fases de glória, fases de perdas".

Benício tentou me dar o que nem ele tinha. Nós dois não tínhamos ânimo pra nada. Ele tentava me fazer sentir um pouco de ânimo trazendo coisas que gosto de comer, comentando sobre assuntos do meu interesse, mas... Eu olhava para ele e via Sofia. Ela era a cara dele!

Tínhamos em comum, eu e ele, uma parte trágica nas nossas histórias de vida, que jamais poderia ser restaurada.

O que deveríamos fazer? Nos amamos, mas eu sofro ao mesmo tempo em que amo. Não há nada que me lembre mais de Sofia do que ele. Amo sofrendo. Existe isso?

Naquele ano, comecei a ter casos extraconjugais no hospital. Tive casos com vários médicos, enfermeiros...

Era bom demais!

Com eles, me sentia viva. Eles não me lembravam de Sofia.

O prazer era buscado cada vez mais, pois, com eles, me sentia como pena de ganso: leve. Não sentia essa dor – essa de me lembrar com tristeza dela e de sofrer quando estou com Benício.

Fui ficando viciada em transar. Ficava morta para trabalhar. Não parava.

Quanto mais transava, mais eu me sentia feliz! Até que um dia, Malu – uma grande amiga, dermatologista como eu – me disse: "Ingrid, você está se acabando assim. Sua energia para vir trabalhar está se esvaindo. Você tem que procurar ajuda. Quer o telefone do Noah, meu analista?"

Fui até Noah. Não tive saída!

Noah tinha a hipótese de que eu compensava a dor de ter perdido minha filha me dando prazer. Me sentia triste, acabada e arrasada – e buscava prazer nas relações sexuais em excesso.

Isso fazia com que eu me sentisse, de novo, viva, mas ao mesmo tempo acabava com minha energia para trabalhar e para ficar com Benício. Não dava conta de ter relação com ele. Algumas vezes, quando chegava em casa já tinha tido até três relações, num dia só. Cheguei a esse ponto...

A análise durou dez meses. Claro que eu tive vontade de devorar Noah, mas ele era muito profissional – mesmo sentindo vontade, ele não faria.

Mas eu quis Noah. Ele era lindo, parecia o Tom Cruise. Era gostoso demais! Podia sentir o tamanho do pênis dele. Mas, sei lá o que ele fez, que foi tratando minha mania – e o tesão foi diminuindo.

Até que...

Preciso ir para o hospital.

15/05/2018

Benício veio até mim para conversar. Ele estava distante de mim já fazia uns meses. Cheguei a pensar que ele estava tendo um caso. E, de fato, estava.

Ele veio falar para mim que teve um caso – que durou quatro meses – com uma moça. Se conheceram num site de relacionamento. Ele disse que tinha sido muito bom pra ele. Eu também estava distante de Benício.

Deixamos de ser companheiros. Viramos amigos por um bom tempo.

Parece que nós dois precisamos desse tempo para voar, bater asas para sentir o oxigênio que estava faltando.

Estávamos, os dois, sufocados, tendo uma dispneia. Buscar ar – saindo do clima pesado em que vivíamos – evitou uma traqueostomia (que horrível eu falar assim, mas a coisa estava feia).

Sempre tivemos uma relação muito gostosa. Não consigo imaginar uma vida sem Bê (acho que ele também não consegue imaginar uma vida sem mim). Vivemos muitas coisas juntos; sofremos demais com a perda de Sofia (só nós dois sabemos dessa dor, ninguém mais da família, nem amigos) e isso parece que até hoje nos une.

Essa história enlaçou nossa relação ainda mais. Precisamos um do outro, mesmo que sua semelhança física com Sofia me fizesse sofrer.

O que acontece é que, ao mesmo tempo em que sofro, me lembrando dela ao vê-lo, encontro no mesmo rosto algo que mata minha saudade, a falta gigante que sinto dela.

Estou lendo um livro de Évelyne Le Garrec. Ela fala que o casal aniquila os envolvidos no casamento de modo alienante. Fala que em cada um (no homem e na mulher), o "eu" desaparece; ambos se afogam no "nós". Dependendo da época, isso acontece ou deixa de acontecer. Eu e Bê somos assim e, ao mesmo tempo, não somos.

Quando Sofia se foi, éramos "nós". Eu deixei de ser eu; ele deixou de ser ele e viramos um (um trapo só).

A sensação era de que a vida tinha acabado pra nós também. Acordávamos e não queríamos sair da cama pra nada. Queríamos colar um no outro. Meus pais cuidaram de nós dois.

Um amigo psiquiatra vinha nos ver duas vezes por semana.

Tivemos que deixar nossos trabalhos e deixamos de conviver; ficamos deprimidos juntos. A dor doía sem parar e a única forma de não senti-la era dormindo. Queríamos dormir dia e noite, talvez mesmo pra termos a sensação de que também tínhamos ido junto de Sofia.

A mesma autora a que me referi há pouco comenta que isso acontece porque o casal não permite a solidão que, segundo Garrec, é indispensável à existência de cada um.

Até que veio a segunda parte na nossa vida. Passados alguns muitos meses, ele começou a conseguir ficar sozinho, sem mim. Dormia no escritório, passou a ter insônia.

Eu, só depois de um ano consegui me desapegar dele. Foi aí que comecei a ter os casos.

Bom, dei muitas voltas pra chegar aonde quero.

Bê veio me propor uma relação aberta, na qual pudéssemos ter outros casos, sem promiscuidade; sempre de forma protegida e sabendo a procedência da pessoa.

Você não acredita o alívio que tive e como o meu sentimento de culpa diminuiu depois que soube que ele também tinha tido um caso.

Não acredito que tenha sido só esse. Sei que não me contaria tudo para me poupar, assim como eu jamais contaria a ele o que eu vivi.

Aceitei. Na verdade, ele foi mais honesto comigo do que eu com ele. Já estava nessa vida há um bom tempo. Até passou pela minha cabeça se ele não tinha feito isso também por mim, tendo descoberto alguns casos que tive. Será? Ele seria capaz disso.

Acertamos minuciosamente como seria. Ele, como advogado, quis fazer um contrato escrito, com todos os combinados. Um deles era o de que deveríamos deixar a pessoa caso percebêssemos que a coisa já estava extrapolando, ou seja, se tivéssemos começando a gostar de alguém.

Nós dois sabemos bem que a paixão vem e passa. Então, se apaixonar era válido. Mas com limite, para não virar amor.

Amor era o que só nós dois poderíamos sentir, apenas um pelo outro. Disso estamos certos. Queremos continuar juntos, pensamos ainda em ter outros filhos. Amamos morar juntos, conversar, sair, viajar, mexer com plantas, ouvir jazz, bossa... Tomar chocolate quente, derretendo uma barra no leite, quando faz frio; correr na praia em dias de sol; curtir a cama no dia em que a roupa de cama é trocada; em tempos de frio, colocar meias nos pés um do outro; jantar comidinhas feitas pela Val (nossa secretária aqui em casa); enfim, vivermos juntos!

Agora vou te contar um segredo, outro...

Depois que fiz análise com Noah, consegui resolver a mania de sexo. Mas continuei tendo casos esporádicos.

Me lembrei de um poema que li uma vez na internet. Agora não lembro quem é o autor: "...pouco não me serve, médio não me satisfaz, metades nunca foram meu forte". Só não sei como me esvaziar de excessos, como ela diz no mesmo poema, que é lindo!

A minha sexualidade tem se esvaziado... Mas não completamente.

Não ficava com eles só para sentir prazer sexual, mas para sentir prazer de viver. Descobri que poderia conseguir isso de outras formas.

Eu e Noah tivemos um caso logo depois que ele me deu alta; durou três meses. Ele disse que se sentia atraído por mim, que queria ser muitos dos homens sobre os quais eu contava pra ele. Mas, por questões éticas, teve que contornar e me tratar. Pensou em me encaminhar para uma colega dele, mas acreditou que daria conta de ir até o fim, sem dar bandeira.

O caso acabou porque ele se mudou para uma cidade na França; mora em Eguisheim, no coração dos vinhedos alsacianos, tida como a cidade mais bonita da França. Conversamos de vez em quando por Skype. Ele sempre quer saber como estou.

Noah me ensinou muitas coisas sobre sexualidade.

Ele, sim, era o especialista nisso; não eu. Me falou do músculo pubococcígeo (incrível); da ejaculação das mulheres que têm a sensação de estarem urinando (como eu); do orgasmo múltiplo que um homem também pode ter, aumentando a força nesse mesmo músculo de que já falei. Por último, me contou sobre os três tipos de orgasmos da mulher.

Não vi nada disso na faculdade. Tudo foi maravilhosamente vivido por mim como novidade e como uma forma de desenvolver em mim esta expressão latina tão famosa: "Nosce te ipsum". Orgasmicamente falando (KKKKK): conhece a ti mesmo.

Ele foi fundamental para eu me descobrir ainda mais como mulher. Noah foi meu guru, não só nisso, mas em muitos outros assuntos.

Que saudade dele! Conversar com Noah era melhor do que ficar com ele. Virou um amigão!

Agora vou!

VICKY
55 ANOS

29/06/2017

Tive uma vida de rainha; casei com um homem que me dava tudo e era tudo o que eu queria. Parecia viver uma vida tão perfeita que aquilo até me incomodava. Eu pensava por muitas vezes que era estranho tudo ser tão redondo.

Ele sabia como me fazer feliz. Tínhamos um fogo um com o outro. Cumplicidade e companheirismo não faltavam em nossa relação. Sempre fomos ousados, até termos nossos filhos – tivemos três.

Osvaldo começou a beber muito quando o banco entrou em falência. Era advogado de um banco famoso.

Tínhamos muitos amigos – recebíamos todos em casa; viajávamos sempre em turma. Apenas no aniversário de casamento viajávamos só nós dois.

Osvaldo me dizia sempre que nunca gostaria de me ferir; que a felicidade dele era me fazer feliz.

Estávamos no Sul do Brasil, tomando café da manhã num hotel, conversando sobre Priscila, nossa filha mais velha, que acabara de ligar dizendo que havia terminado sua relação de oito anos com o namorado. Sentimos muito por ela. Estava desolada. Mas ela tem muitas amigas: a Carol, a Catarina... Um punhado. Apesar de cada uma estar num canto, elas estão sempre conectadas.

É impressionante como sofremos pelos filhos – como se estivéssemos na pele deles, como se parte da vida deles fosse nossa. Entendo, agora, o que minha mãe dizia: que, se possível fosse, tiraríamos a dor de um filho com a mão e a colocaríamos na gente.

Voltando para o hall...

De repente, tomando café, avistei Marcela – também advogada do banco. Mostrei para Osvaldo e ele, sem graça, fingindo estar surpreso, disse: "ela aqui!". Fui até ela; nos cumprimentamos. Achei uma enorme coincidência Marcela estar ali.

Vi que trocaram olhares. Ele estava à mesa, nós duas mais distantes. Ficamos as duas de frente para ele!

Quase não entendi!

Tamanha foi a decepção que tive que pedir licença. Fui ao banheiro. Me deu um desespero... Mas, como sou uma mulher já de idade, disse a mim mesma: "Vicky, não dê escândalo, controle-se, vá para o quarto".

Ele ficou na piscina do hotel e eu no quarto.

Se aquilo não tivesse acontecido, estaria na piscina com ele. Ele chegava e eu saía: foi assim aquele dia todo. Não estava pronta para conversar com ele.

Naquele dia, no jantar, Osvaldo bebeu demais, subiu para o quarto. Eu fui para o hall do hotel.

Por coincidência ou não, Marcela estava lá!

Perguntei-lhe o que fazia ali. Conversamos muito; ela também tinha exagerado na bebida e começou a falar. Marcela disse que estava disposta a abrir o jogo, que era para eu me preparar para saber as verdades que tinha para me contar.

Ela disse que há um ano vai regularmente em nossa fazenda; que viaja há sete anos para todas as reuniões de negócio com ele; que eles têm uma casa alugada num condomínio e que ela perdeu um filho dele por aborto espontâneo, no ano passado.

Eu quis ficar um tempo sem entender. Ela não disse mais nada. Eu fiquei entalada; não conseguia dizer absolutamente uma palavra.

Talvez ela já tivesse dito tudo. A decisão parecia estar tomada. Ela se despediu e subiu para o seu quarto.

Me despedi e fui para o meu quarto.

Ele estava no banho. Peguei o celular e lá estava, no WhatsApp dele, uma foto de Marcela em cima de um cavalo, cavalgando nua junto de Osvaldo, também nu.

Comprei minha passagem de volta na mesma hora, deixando um bilhete para ele. Escrevi: fui embora para você ficar mais à vontade agora com a sua mulher oficial, não mais amante. Enfia ela... Sabe onde.

Cheguei arrasada, anteontem, de Santa Catarina!

Preciso ir.

Vou encontrar Eugênia!

Preciso conversar com uma amiga. Não sei o que devo fazer primeiro. A decepção é tão grande, a dor é enorme. Não consigo pensar, não paro de chorar...

Como ele pôde fazer aquilo? Arrasou com tudo!

03/07/2017

Encontrei Estefânia, uma grande amiga de infância que viveu o mesmo que eu estou vivendo – a diferença é que o marido lhe contou que estava tendo um caso.

Bem, estou casada há muitos anos e estou com 55.

Há pouco tempo, li um livro de quem entende bem do assunto – aquela psicanalista e sexóloga, a Regina Navarro, que faz terapia de casal e individual. Ela fala coisas interessantes sobre o casamento. Parece até que eu tinha que ler mesmo esse livro, pra me preparar...

O livro dizia que, hoje em dia, é quase impossível encontrar alguém que acredite em casamento eterno e amor. Vivemos num momento em que o sistema patriarcal começa a ser superquestionado por mulheres e homens, o que faz com que as formas de relacionamento amoroso tradicionais abram-se para um grande número de possibilidades.

A gente acha que essas mudanças todas só atingem a moçada. Mas não! Estão atingindo a nós também.

Navarro fala do casamento monogâmico, em que o casal viveria junto enquanto a relação fosse satisfatória e, terminando esse período, cada um partiria em busca de outro parceiro. Mas, como a relação de casamento é simbiótica, os aspectos insatisfatórios vão se prolongando por uma permanência maior do que a desejada.

Ela comenta uma fábula, que já até ouvi, assim:

“Se um sapo estiver numa panela de água fria e a temperatura for subindo lentamente, ele nunca saltará. Será cozido”. E diz que algumas pessoas conseguem saltar, se livrar, mesmo que tarde.

Estefânia se separou e me disse uma frase só: "a vida de solteira, estando madura, é boa demais, amiga! Na verdade, nunca acreditei que uma relação com uma pessoa só pudesse me completar. A pressão familiar é tão grande que a gente fez como todo mundo da nossa época: casamos".

Ela me disse que tem liberdade para ter os amigos e as amigas que quer; que viaja quando quer; que não tem obrigação com nada de casa; que não tem discussão chata; que tem uma vida leve... Faz o que gosta profissionalmente; vai e volta de onde quer que seja quando quer; não tem que dar satisfação a ninguém; está livre de regras e obrigações de casamento; sente prazer quando quer, sem obrigação. Ela me pareceu estar serena e realmente feliz.

Agora é comigo. Vou resolver. Osvaldo não quer se separar. Fala que não vai conseguir viver sem mim. Me pediu perdão.

Ainda não sei o que fazer. Sei que quero descobrir se, além de coelho nesse mato, tem cobra, sapo, carrapato...

Estou brincando, mas moída por dentro. Tenho mania de brincar quando está tudo péssimo.

26/9/2017

Aconteceu uma tragédia!

Há dois dias, enterrei Osvaldo. Ele se foi. Teve um infarto fulminante no escritório e faleceu.

Sinto muita dor. Foram muitos anos juntos.

Apesar de que ainda estávamos brigados – sem praticamente falar um com o outro e em quartos separados –, ele era meu marido, pai dos meus três filhos.

Logo que voltamos daquela viagem, ele entrou em depressão. Mal conseguia ir trabalhar. Largou Marcela.

Hoje fui mexer nas roupas dele... Muitos ternos. Célia, minha ajudante, me auxiliou. Doei toda a roupa dele: sapatos, objetos pessoais etc.

Minha cabeça está muito ruim, estou sob efeito de calmante.

Agora tudo acabou mesmo.

Não consigo mais falar. Estou bem cansada, esgotada. Quero sumir!

Os meninos estão vindo aqui direto. Eles estão arrasados. Eram muito unidos ao pai.

Alex não sai daqui; me apresentou Mila, a namorada nova. Está apaixonado! Que ela o faça feliz.

Estamos todos arrasados.

Estou pensando que Marcela pode requerer algo... Será? Não sei se ela tem direito. Depois da falência, tudo ficou menos.

10/01/2018

Mamãe chegou de São Paulo, veio fazer uma cirurgia no joelho. Ela está com 81 anos, mas é ativa, lúcida e tem uma sabedoria de vida invejável. É uma *perennial*, tem um estilo de vida que circula em hábitos e gostos de diversas idades, usa calça jeans, sapatilhas ortopédicas, colares e camisas *fashion* e tem o espírito extremamente jovem.

Gostava muito de Osvaldo e sua morte remeteu para ela à morte do papai.

Vai ser muito bom ter ela aqui comigo, ficará hospedada aqui em casa. Ando desanimada, sem vontade até de escrever aqui. Há quanto tempo não lhe conto nada? Estou vendo aqui, falamos em setembro.

A cirurgia é daqui a uma semana. Ela vai me trazer ânimo e força para seguir. Desde que me casei, "nos separamos", a distância parece separar mais do que gostaríamos, mesmo sem pretender. Falamos com frequência no celular, mas... A presença... Essa não tem mesmo como ser frequente. Me mudei de São Paulo quando me casei e vim para o Rio, daqui não saí mais.

13/01/2018

Ontem à noite conversava com mamãe e ela me disse algo bem interessante. Me disse que se lembrar da vida dela, com o que ela é hoje, é uma experiência inédita.

Ela me disse que a lembrança da mãe dela (minha vó Liz) fazendo salgado para fora era uma quando ela tinha 30 anos, era outra aos 40, outra aos 60... E agora, com 81, ela se lembra ressignificando um contexto que ela não era capaz de entender. Me disse que a única coisa que vó sabia fazer muito bem-feito eram salgados, que começou a aceitar encomenda quando vô Olavo teve que se aposentar por invalidez. Teve uma doença que o impossibilitou de trabalhar.

Ela conta do cansaço, do peso nas costas da mãe dela, peso da dor de ficar o dia inteiro cozinhando e peso do sustento da casa. A aposentadoria de vô Olavo era baixa, o que exigia que bisa trabalhasse ainda mais. "Eu ficava sem entender por que ela tinha que trabalhar tanto, mas hoje é evidente", ela disse. Não sabia que ela teria que dar conta do sustento da casa praticamente todo, completou.

Na minha vida mesmo, tem coisas que só fui entender anos depois. Passei por muita coisa que não tinha explicação, na época.

Ela me contou que negou a vida inteira a morte de Verônica, sua irmã. Viveu como se Verônica não tivesse existido. Minha mãe estava com 15 anos quando a irmã, de 13, faleceu, atropelada. Por muito tempo, ela não falava dela e nem permitia que falassem da tragédia. Ela bloqueou os ouvidos, o sentimento de perda, a dor de ter sido mutilada, ela disse. Se lembrar da irmã foi ficando cada vez mais possível à medida que ela foi envelhecendo. Me contou que envelhecer é estar sempre à beira... E, por isso, na velhice vive-se muito dos dias que se foram, das questões mal resolvidas, da atenção almejada, mas nunca dada na vida a um ente querido ou a uma paixão. Ela me relatou que hoje vive de lembranças, e é isso que faz com que estique o tempo.

O gosto amargo de viver só é sentido por quem vive muito tempo. Esse gosto, ela me disse, só é experimentado na fase de envelhecimento. A arte da vida está em enfiar na boca, nos momentos de amargura, um brigadeiro, para que este a torne mais suave e doce. Sabedoria de mamãe. Tenho precisado de muitos brigadeiros...

Apesar do espírito jovem, são inegáveis o desconforto, as dores e a aproximação daquilo que não sabemos como é, ela me diz. Chorei...

Ela também me disse que nós acertamos a conta é com a gente mesmo, no fim da vida, não com Deus.

Chorei aos prantos ao ver que poderia não ter mais aquela pessoa que foi tudo pra mim durante toda a minha vida. Sempre fomos muito ligadas, apesar da distância física. Me rasgou por dentro pensar em tudo o que não fiz e poderia ter feito por ela.

Não consigo mais escrever, preciso descansar.

16/01/2018

Amanhã é a cirurgia. Hoje pela manhã, ela se levantou, vestiu sua calça jeans, colocou suas pulseiras e colares e disse que queria ir ao salão de beleza fazer as unhas. Ela me disse que, por mais corajosa que pareça ser, ela também sente medo. E que se, por acaso, algo desse errado na cirurgia, queria ser enterrada bem cuidada, leve e com seu dever cumprido: o de ter feito o que era possível em sua vida.

Mamãe a vida toda foi professora universitária no curso de Pedagogia. Conviveu com crianças e jovens, o que contribuiu muito, segundo ela, para se sentir parte deles.

Na ida para o salão, me dizia que a mulher precisava se libertar dos padrões morais que a sociedade impõe, das prisões e dos arames farpados que aceitamos por muito tempo na vida, sabe pra quê? Ela me questiona com a resposta na ponta da língua. Para se deixar ser amada por alguém. Para viver, segundo ela, com plenitude, a entrega consciente de um amor, se é que essa plenitude existe... Reticente, ela falou que nunca conheceu alguém pleno na vida.

Ela me contou que não se casou com o homem que mais amou. Na adolescência namorou o Newton, pelo qual foi perdidamente apaixonada. Eles se separaram, pois ele engravidou uma menina logo depois de terem terminado o namoro, por uma discussão bobinha, ela contou. Naquele momento abri mão do meu desejo.

Ela viu uma mulher atravessando a rua com muita pressa e me disse: "A gente tem que dar trégua pra pressa, a gente perde muita coisa importante da vida com pressa de ganhar dinheiro, de ter isso, ter aquilo... E o que de fato nos traz felicidade, deixamos passar na vida. E no final a gente percebe que correu tanto pra quê? A gente sente que aquele tempo a mais que você não se dedicou a alguém passou, ficou pra trás, aquele beijo, aquele abraço, aquilo para o qual você não disse, aquele café com bolo nunca mais será como poderia ter sido, aquele momento tão especial em que sua presença era importante, e você não foi... Aquilo que você não viveu por covardia ou medo... Para o qual simplesmente não disse nada".

Passar esta semana com ela me fez experimentar a sensação de ter vivido uma década em uma semana. Mexeu muito comigo, me fez pensar, repensar: o que vale a vida?

HELÔ
44 ANOS

17/5/2017

Outro dia, Alana veio me falar dos seus planos. Minha filha tem um jeito aberto e livre de pensar; tem algumas ideias feministas.

Alana não se conforma com a desigualdade de salário entre homens e mulheres – e isso é um desaforo mesmo; ela fica estarrecida com a violência contra a mulher. Na verdade, Alana diz não entender por que há desigualdade entre homens e mulheres, já que os dois podem fazer as mesmas coisas. Ela não se conforma com assédio sexual e estupro (como ninguém, né?!). Mas sabemos que essa história vem de longa data.

Uma amiga de Alana foi estuprada; ela sofreu muito junto com a amiga – sofreu tanto que ela também parecia também ter sido estuprada. Coitada dessa amiga. É uma coisa inadmissível mesmo.

Quando ela saía do emprego, à noite, um homem seguiu Giovana, sua amiga, e estuprou a menina numa pracinha, escondido num mato.

Alana é muito consciente; não aceita absolutamente nada que inferiorize a mulher em relação ao homem.

Mas tem uma coisa – que, na verdade, não tem a ver com o fato de ela ser feminista – que me deixa muito triste: Alana é contra o casamento e contra a maternidade.

Para ela, marido e filhos significam entraves na vida de uma mulher.

Ela me fala: "Mãe, quero ter um amante, sem ter um marido; um amante quer dizer alguém que me ame sem me aprisionar. Quero um amor livre, uma vida livre, sem casar e sem filhos. Quero viver sem ninguém para me amarrar. Quero ir e vir sem ter quem me diga pra onde vou e quando voltar. Quero ser dona do meu dinheiro, sem ter que dar satisfação... Hoje ganho mais do que Felipe; posso me manter. Felipe que se cuide. Tenho asas pra voar como ele".

Fico pensando... Deve ser muito bom pensar como Alana. Mas, se eu tivesse pensado como ela, ela não existiria.

25/11/2017

Alana veio me dizer que Felipe quer se casar. Tudo complicou para ela, que sempre falou que não casaria. Mas essa menina é tão enlouquecida com o namorado, que agora quero ver o que ela vai arrumar. Sempre disse que não ia se casar.

Eles namoram há oito anos; se conheceram na faculdade de contabilidade. Ele é funcionário da seção de ensino de lá até hoje. Lana se formou e continuaram namorando.

Gosto dele! É um homem bom, responsável, e gosta muito dela.

Alana é filha única – por isso disse aqui que ficava triste por ela dizer que não queria se casar.

Quando eu for embora, queria muito que ela também tivesse marido e filhos.

Lana me disse que ainda não deu a resposta para Felipe. Ela disse que precisa pensar.

02/12/2017

Parece que ela resolveu o que vai fazer. Saiu hoje cedo; me disse que terá uma conversa com Felipe para dar a resposta.

Estou aflita para saber. Mandei mensagem por WhatsApp, mas ela não está respondendo. Hoje lá no escritório deve estar corrido. Ela nem olhou a mensagem que mandei.

O jeito é esperar.

Enquanto isso, me pego com Maria Madalena (minha santa de devoção).

Eu acho, não sei não, mas tenho impressão de que, se ela aceitar, vai ser com um monte de ressalvas. Ela tem uma cabeça aberta demais. Vamos ver o que vai resolver.

04/12/2017

Você não vai acreditar no que Alana foi capaz de fazer!

Ela não aceitou se casar. Propôs a Felipe de morarem juntos.

Alana falou com Felipe que o que importa é o companheirismo sem apego, a solidariedade (um ajudar quando o outro puder e precisar) e a liberdade.

Ela propôs que os dois respeitem a individualidade um do outro e que a união deles não deve ser uma fusão de duas metades, mas uma união de pessoas autônomas, independentes e desapegadas.

"Sacrifício" será uma palavra inexistente na relação. Nenhum dos dois deverá se sacrificar pelo outro. Mas ceder. Essa é a palavra que, para ela, é a chave da fechadura.

Ela me disse: "Mãe, quem não cede é imaturo ou egoísta". Não existe essa coisa de fazer concessões hoje em dia, mas respeito.

É isso que importa.

Se eu faço o que ele quer e não o que eu quero, estarei me desrespeitando. Se o impeço de fazer o que ele quer fazer, estarei desrespeitando Felipe".

"Jamais", ela disse, "terei uma relação fechada, possessiva, de controle e ciúme. Não é essa vida que eu quero para mim".

Ele aceitou. Vão tentar assim!

Essa minha filha me dá orgulho. Oh menina que sabe o que quer! E ela tem razão. Essa forma de relação é uma forma mais sincera, em que o casal tem mais chance de ser feliz.

A geração dela é uma geração livre. A minha geração é uma geração romântica, cheia de fantasias e irrealidade. Ninguém completa ninguém! Essa é a verdade!

Eles serão felizes. Eu os abençoo!!!

MARIA FERNANDA
29 ANOS

03/05/2017

Sempre me interessei muito por assuntos de mulher. Ficava escondida na sala, escutando minhas cinco tias conversarem. Minha mãe dizia: "Maria Fernanda, você só tem nove anos; isso não é conversa para menina desta idade, vá para o seu quarto". Não ia. Ouvia tudo escondido, lógico. Queria saber o que não podia ouvir!

Na escola, adorava minhas amigas. Éramos seis. Nós estudávamos juntas, cantávamos juntas, jogávamos handball e fazíamos aula de jazz.

Era muito divertido passar quase que o dia todo indo de lá pra cá com minhas amigas, para as várias aulas que nossas mães arrumavam para nos ocupar – acho até que pra se livrarem de nós. Como dizem: "melhor ocupar o jovem pra não mexer com besteira ou aprontar". Minha mãe era adepta desse modo de pensar.

Nessa época, gostava do Liu – um menino muito inteligente. Nem lembro direito o rosto dele.

Quando fiz 14 anos, fiquei com ele. Foi muito estranho. Namoramos uns meses (nem sei quantos). Logo depois, percebi que Liu me afastava das minhas grandes amigas – aquelas de quando eu tinha nove anos.

Apesar de termos nos afastado por um tempo, nunca deixamos de ser amigas. Sentia falta delas. Não sentia nada por Liu – até hoje não sei por que o namorei. Ele gostava de mim, mas eu não gostava dele pra namorar.

Será que foi por isso que namorei com ele? Porque ele gostava de mim, nessa época? Bastava alguém gostar de mim, meu sentimento não fazia diferença... Será?

Meu pai era muito estúpido (completamente machista) com minha mãe. Minha mãe tinha uma cabeça transgressora, parecia viver anos-luz à frente do meu pai.

Não entendia como poderia ter se casado com um homem sem educação e machista como ele. Nunca entendi isso.

Minha mãe vem de uma família muito humilde que considerava o estudo tudo na vida. Ela se formou em Letras e meu pai é técnico em Eletrônica.

Com 18 anos, dei início à minha graduação em Engenharia Civil. No curso, tinha muito mais homem do que mulher. Também nessa época sentia falta das meninas. Cada uma delas foi para um curso, mas continuávamos nos falando pelas redes sociais.

Priscila foi para Paris, fazer Moda; Catarina foi para Curitiba – seus pais se mudaram para lá; Marina foi para o Peru, estudar Gastronomia; Manu foi para Florianópolis, morar com sua avó – seus pais faleceram num acidente aéreo; e Giovana foi estudar Gestão Ambiental na Amazônia.

E a vida foi acontecendo para cada uma de nós. Tia Fran é que fala assim: "a vida acontece"! Hoje, moro em São Paulo; sinto muita falta delas e elas de mim. Conversamos sempre no nosso grupo do WhatsApp, por Skype ou pelo cel.

Nossa amizade é daquelas em que somos capazes de mover uma montanha, umas pelas outras. É uma amizade sincera, genuína. Prezamos muito uma pela outra e somos felizes por termos conseguido manter de pé – com todos os tropeços que tivemos – isso que, nos dias de hoje, é tão raro: o respeito e a confiança.

A saudade que sinto delas me traz conforto quando encontro com Bianca, minha namorada. Descobri que a vida de uma mulher me atrai muito mais do que a vida de um homem. Homens são broncos demais (a maioria, pelo menos)! Prefiro a delicadeza das mulheres!

Meu namoro com Bianca é um namoro leal; nos conectamos muito bem. Depois te conto!

Preciso ir... São 18h15. Vou encontrá-la num bar, junto com a turma dela. Hoje ela dá plantão no hospital mais tarde (Bianca é enfermeira).

13/05/2017

Eu e Bianca estamos juntas há três anos. Nós duas estamos pensando em juntar as trouxas, as escovas de dente.

Somos independentes. Bianca tem uma empresa virtual de roupa há cinco anos; montou um *e-commerce*. Está dando muito certo. Tem vendido absurdamente. Fez sociedade com três primos, os quais tomam conta de tudo. Ela entrou só com a grana.

Eu estou concluindo meu mestrado e já estou dando aulas na faculdade. Dou aula de Empreendedorismo e, logo que terminar o mestrado, meu salário vai aumentar.

Está na hora de alugarmos um apartamento; chegamos a essa conclusão! A ideia já vem amadurecendo há alguns meses, quando meus pais resolveram trocar o apê em que moramos por um apê menor.

Eles querem praticidade no dia a dia. São aposentados; querem descansar e não ter trabalho. Senti que eles gostaram mais de um apê de um quarto que viram. Mas, por minha causa, teriam que optar pelo de dois, que não é tão arejado e novo.

Já fizemos as contas de quanto gastaríamos por mês e o dinheiro que temos dá e ainda sobra um tanto para guardarmos, aplicarmos.

Bianca mora com um primo já há muito tempo, pois seus pais não são do Rio. Ela sente necessidade de sair fora também. Se dá super bem com Luan, seu primo, mas precisa ter seu canto (ela diz isso já há um bom tempo).

Estamos pensando em começar a olhar um apê perto de onde trabalhamos (no meio do caminho, para ficar bom pra nós duas).

Minha mãe vive falando que quer um neto nosso. Ela não sabe como vai ser, nem a gente. Sabemos que queremos, mas não por agora. Pensamos que seria para daqui a um ano.

Nós duas nos amamos. Não nos sentimos homens e nem nunca quisemos ser homem. Adoramos ser mulher. A forma como sentimos excitação é diferente da forma dos homens.

Nossa excitação está no corpo todo e não apenas nos genitais. Nosso pescoço, língua, orelha, seios. Nossas costas, barriga, nádegas etc. O corpo quase todo é uma zona erógena.

Um homem não sabe que o corpo da mulher pode ser, ele todo, zona erógena. E eles vão logo, durante o ato sexual, tocando o clitóris, sem preliminares.

Isso desagrada uma mulher, pois, para que o clitóris funcione, é fundamental que seu corpo seja tocado, acariciado, acarinhado, beijado e abraçado em suas partes erógenas, antes de se chegar à vagina.

O orgasmo é maravilhoso. O dar e o receber são mútuos (bem diferente do que na maioria das relações héteros).

Nossa energia é sempre a mesma.

Respeitamos uma à outra.

Nada é forçado.

Quando fazemos amor é porque ambas querem e a magia acontece. Ela faz comigo o que ela gosta que eu faça com ela.

Entendo todos os sinais que ela dá: o suspiro mais ou menos intenso, a salivação em sua boca, a respiração, o batimento cardíaco, o suor, o cheiro... Ela me indica, através do seu corpo, o que devo fazer.

Não somos uma máquina, como muitos homens são. Não aguento a pergunta de um homem após ter ejaculado: "já gozou?" – isso quando perguntam.

Essa pergunta já vem com a resposta implícita. Se não gozou, já era, ou... Teremos que começar tudo de novo daqui a um tempo... Até lá... O clima se foi.

Homens têm muito o que aprender com a gente..

30/5/2017

Eu e Bianca vamos nos mudar para o apartamento que alugamos daqui a um mês. Estamos comprando as coisas aos poucos. Já temos algumas coisas, e você sabe... Um dá isso daqui, outro dá aquilo dali e tudo vai se ajeitando.

Não faremos nenhuma recepção para amigos e família, pois acreditamos não ser necessário. Vamos curtir só nós duas juntas e ir comunicando para as pessoas quando tivermos oportunidade (e se for necessário).

Resolvemos nos mudar e juntar uma grana para viajarmos.

Temos vontade de conhecer o Salar de Uyuni, na Bolívia. Uma amiga esteve lá e disse que é demais. Eu e Bianca curtimos esse tipo de paisagem. Esse lugar é o maior e o mais alto deserto de sal do mundo, é o único ponto natural brilhante que pode ser visto do espaço. Minha amiga, a Manu, disse que a sensação é a de estar caminhando no céu. Quando chove, a chuva forma um espelho d'água: uma visão espetacular, nunca vista em outro lugar.

Bem, me empolgo quando falo de coisas assim, diferentes!

Bianca está na minha vida e eu na vida dela. Não somos capazes de respirar uma sem a outra. Ela me entende de uma forma que nem eu mesma me entendo. Sério!

Ela me diz: "Fê, você parece que não sabe que você... Sei lá... Pensa assim ou faria isso, nesta situação" ou... "Essa não é você", quando digo algo fora do comum.

Tem como não se apaixonar por alguém que te mostra sua melhor versão, sempre que você duvida de qual seja?

Tem como não querer alguém que te faz sentir feliz? E que te faz sentir que a vida sempre vale a pena ao lado dela?

Tem como deixar de gostar de alguém que te traz novidades todos os dias da vida, sendo você uma pessoa que detesta rotina?

Eu a amo e é com ela que quero respirar, conviver e ser feliz – chorar e sofrer, se for preciso!

ULY
37 ANOS

14/10/2017

Dia de reflexão...

Aquele lance de buscar para encontrar alguma coisa. A gente troca de parceiro ou parceira... Cada hora é um ou uma... A gente troca de emprego... A gente troca de casa... De estilo, de cabelo... De roupa... De comida... De gosto de filme... De restaurante... Deixa pra trás um monte de coisa de que achava que não gostava... Troca de religião, de crença, de seita...

E quando a gente percebe, é a gente mesmo que está buscando. Quando? Quando a gente se sente perdida num deserto e só tem a gente pra dar conta dessa imensidão árida em que a gente, muitas vezes, se perde. Só você pra saber do que gosta, do que não gosta, o que quer e o que não quer pra sua vida.

Troca, troca, troca... Busca, busca, busca. Não encontra aquilo que satisfaz minimamente. Sabe por quê?

Descobri que busco o que não tem a ver comigo, aquilo de que não gosto, simplesmente porque não sei o que eu quero. Não me conheço. Sei muito bem o que minha mãe, meu pai, primas e tias gostam... Mas e eu?

Sei não.

A vida toda fiz, fui, comi, me vesti de acordo com o desejo deles.

Se você não sabe sobre você, vai vivendo a vida dos outros. Você não sabe escolher. Escolhem por você. Decidem por você.

Você não sabe pra onde ir. Qualquer lugar aonde for vai servir.

Não saber quem você é. Até o seu nome te soa estranho. Você olha para o espelho e não se vê – ou se vê embaçada, numa imagem indefinida.

Fui me procurar num monte de lugares (você já sabe quais).

Mas o que você não imagina é que fui me procurar num tanque de flutuação. Sim, isso existe, porque eu entrei num.

Ele oferece uma terapia de privação sensorial. Fui para a Califórnia ao encontro de mim, dentro de um desses tanques.

É um lugar tipo uma banheira hermeticamente fechada. Dentro dela tem água salinizada, cuja densidade faz com que o corpo fique sempre na superfície. A temperatura interna do tanque é mantida a 34 graus Celsius (temperatura média da pele humana). Mas agora é que vem a parte mais alucinante: isso tudo serve para nublar, na consciência, os limites entre o ambiente e o próprio corpo; com o tempo, a gente não sente mais a água e sente estar flutuando, como se fosse no ar. Sério, literalmente flutuando!

Esse tanque foi projetado pela primeira vez em 1954, por um neurocientista. John C. Lilly é o cara que criou isso.

A sensação é única. A gente relaxa o físico e o mental. A ansiedade dá lugar à paz interior e o bem-estar é perceptível e animador.

Nunca vivi nada parecido. Minha consciência se expandiu de um jeito... Logo que deixei o lugar, resolvi várias coisas pendentes e que estavam confusas na minha vida.

Para isso, tive que me separar um pouco do outro; fazer algo sem dizer a ninguém; ter privacidade – coisa que nunca tive.

Eu mesma deixava o outro me invadir e fazer de mim o que bem quisesse.

Depois que resolvi viajar sozinha, a transformação foi acontecendo na minha vida.

Fiquei mais segura, criativa, decidida a mudar várias coisas na minha vida. Respostas que já estavam dentro de mim vieram à tona de uma forma clara e certa.

Cheguei ontem e estou indo fazer aula de pintura (que é algo de que eu nunca soube que gosto; mas gritava em mim o gosto pela arte).

Toda arte que via pela minha viagem me atraía.

Uma vontade louca de pintar surgiu. Surgiu porque eu me ouvi. Surgiu porque eu silenciei as vozes que existem dentro de mim e deixei vir a minha própria.

Uma onda de criatividade vinha à minha cabeça e *insights* de telas invadiam meu ser. Via as telas já pintadas e minhas mãos, querendo pintar, coçavam animadamente!

Me sinto viva!

Tchau, estou indo viver!

25/11/2017

Continuo no meu processo de descoberta do que me faz viver melhor. O que fazer para ter paz interior, mesmo que o outro tente, de vez em quando, tirá-la de mim?

É um percurso que busco há muitos anos, mas que despertou mesmo com a experiência singular que tive no tanque de flutuação.

Na verdade, é a gente quem realmente decide o que vai acontecer com a nossa vida. Se estamos insatisfeitos, somos os responsáveis; se estamos tristes, desesperados, nós é que fazemos isso acontecer; se estamos satisfeitos, alegres e tranquilos, também somos nós que provocamos isso em nossas vidas.

Quando falo isso, estou considerando também as causas externas. Podemos escolher mantê-las, se nos fazem bem, ou nos livrarmos delas, se mal nos fazem.

Ninguém obriga ninguém a ser feliz ou infeliz. A escolha é de cada um.

Estou lendo um livro de Osho e ontem, em uma de suas belas páginas que estão contribuindo absurdamente para avançar na expansão da minha consciência, li algo que diz:

"Há pessoas que não se preocupam com os espinhos de uma flor e, ao apreciarem a flor – sentindo seu cheiro, sua beleza, contemplando esse momento – percebem que os espinhos não são tão pontudos".

Na verdade, ele diz que, quando focam na flor, as pessoas passam a enxergar os próprios espinhos, mas de forma diferente: os espinhos servem para protegê-las.

Assim, essas pessoas não veem os espinhos como algo feio ou que não faz sentido – nascendo, assim, uma atitude positiva.

Isso que li me fez pensar que temos características, em nós mesmos, das quais não gostamos.

Neste sentido, torna-se necessário descobrir a causa de termos também isso que não queríamos ter.

Entender isso faz com que sejamos mais tolerantes com os nossos espinhos, descobrindo, quem sabe, que eles existem para nos proteger também.

A questão é aceitar algo que não podemos mudar; é internalizar a ideia de que somos falhos sim; que não damos conta mesmo de um monte de coisas e que todo mundo é assim.

Cada um é de um jeito, e aceitar o que somos nos traz leveza, serenidade. Para isso, temos que aceitar que nos falta um tanto de coisas.

Somos seres incompletos.

TODOS!!!

Aceitar isso é essencial para nos amarmos.

...

A capacidade de estar só me faz me ouvir. Se não tenho as pessoas ao meu redor o tempo todo, me volto para dentro de mim.

Tenho vivido isso nas viagens; foram elas que me possibilitaram estar comigo. Isso me trouxe um grande crescimento.

Outro dia li sobre solitude. Isso que estou vivendo neste momento da vida é solitude.

Diferente de solidão, a solitude é construtiva, nos traz autoconhecimento. Ela não traz incômodo, fantasmas (como a solidão), mas prazer. Não ouvir a voz do outro faz com que a minha surja!

O outro é importante, mas não preciso dele o tempo todo.

O mais interessante é que não postei fotos em redes sociais: elas estão comigo, pois importam a mim. Não tenho necessidade de que ninguém as veja e as comente.

Além disso, tenho poucas.

O que vivi, por onde passei e o que vi estão na minha memória.

Isso me basta!

RAFAELA
34 ANOS

17/10/2017

Minha amiga do banco chegou ontem chorando muito. Trabalhamos no caixa. Aline está no banco há pouco mais do que eu – tenho oito anos de banco.

Hoje, temos o mesmo chefe: Allan, que sempre quis sair com Aline.

O problema é que, além de Aline não estar nem aí pra ele, ela é apaixonada pelo marido. Se casaram este ano e Gustavo é superbravo.

Há cinco meses, Allan cismou com minha amiga. Ele se divorciou da mulher há mais ou menos oito meses. Soube aqui no banco que Allan é vidrado em mulher. É um excelente chefe; tem umas coisas meio estranhas; o humor dele é bem variado, e ainda teve isso.

Aline não quis contar o que aconteceu, mas chorou o dia todo, a ponto de Allan ter que colocar outra pessoa para substituí-la no caixa e mandá-la desempenhar serviços internos do banco.

Ela vomitou muito; tremia e estava assustada, quase não conseguia falar. Fiquei preocupada demais com ela; levei-a pra casa.

Chegando em casa, Aline foi tomar banho. Me pediu que esperasse. Estava com medo. Gustavo, seu marido, estava viajando.

Ela começou a tentar me contar, mas nada saía. Não conseguia. Só dizia que não sabia o que fazer e chorava desesperadamente. Parecia assustada. Dei um remédio meu, que tinha na bolsa, para ela dormir.

Dormi com ela ontem à noite.

De manhã, a luz entrou pela fresta da persiana da sala do seu apartamento. Aline morava num apartamento muito bom na Zona Sul de Belo Horizonte. Gustavo ganhava bem. Seus pais faleceram em um acidente de carro no ano passado, ele e o irmão dividiram a herança e, hoje, seu escritório de advocacia tem dado muito certo.

Logo me levantei do sofá. Quando fui ver se Aline já estava acordada, a vi caída no chão do banheiro.

Conto o resto depois...

Aline me ligando...!

18/10/2017

Aline não foi trabalhar hoje. Ela está muito calada e não consegue falar o que aconteceu. Gustavo chega daqui a dez dias ainda.

Ela me disse que vai precisar fazer alguma coisa com o que aconteceu – mas não sai da boca dela o que houve. Diz que ainda bem que Gustavo vai demorar uns dias para chegar, porque ele não pode vê-la assim.

Eu tive que vir trabalhar. Trouxe você na bolsa. Agora estou na minha hora do almoço, precisando desabafar.

Ouvi falar que Bárbara, uma colega, também não veio hoje; está de licença médica. Aí o trabalho aperta, faltando duas no setor. Hoje farei só 40 minutos de almoço; é o tempo de comer e sair... Enquanto meu prato não vem, estou aqui falando com você. Não vou contar nada sobre Aline no banco. Sou a melhor amiga dela.

Assim que chegou, Allan veio me perguntar como ela está. Só disse que não está bem.

Meu prato chegou!

Só mais uma coisa... Será que Allan fez alguma coisa com ela?

...

Estou agora em casa.

Uma prima de Aline vai ficar hoje com ela. Ela não quis que eu fosse, acha que estou cansada.

Achei estranho: ela perguntou quem foi trabalhar hoje. Falei dos que foram... No final, me perguntou: "só?".

Aí, me lembrei de falar que Bárbara não tinha ido. Ela quis saber o porquê.

Não sei o que fazer. Acho que vou ligar pra ela pra saber se ela quer que eu "dê um pulinho" lá. Quem sabe hoje ela se abre?

Fico sem saber se respeito a hora que ela quiser falar ou se devo insistir. Ou então... Às vezes não quer falar é comigo. Será? É muito complicada a situação.

Vou tomar um banho e pensar no que devo fazer.

Resolvi ir ao apartamento de Aline.

20/10/2017

É grave! Muitooooo grave!

Aline me contou o que aconteceu.

Um dia antes daquele dia em que passou mal no banco, aquele em que fui dormir na casa dela, ela presenciou uma coisa horrível.

Ao terminar o expediente, ela foi ao banheiro e passou um batom (ela não anda sem batom, fala que é muito pálida).

Aline esqueceu o batom no banheiro. Ela já estava na rua, entrando no carro para ir pra casa, quando lembrou que o tinha deixado lá.

Era um batom novo e caro, que comprou no *free shop* na última viagem que tinha feito com Gustavo. Por isso, voltou. Ela disse que se fosse qualquer batom, nem ia ligar; podia deixar para pegar no dia seguinte.

Então ela voltou e, ao entrar no banheiro, viu um homem de capuz no rosto estuprando a Bárbara. E o homem de capuz era Allan, nosso chefe.

Ela identificou que era ele pelo espelho, pois ele não viu que Aline estava lá. Ela conseguiu identificar Allan porque ele tem uma tatuagem num dedo da mão.

Aline viu pelo espelho que essa mão estava segurando por trás a cabeça da Bárbara. Ele amarrou uma venda nos olhos dela, colocou uma fita adesiva em sua boca e amarrou seus braços.

Ela viu Bárbara sentada em cima da pia, tentando gritar – e ela chorava muito.

Aline saiu correndo e não fez nada.

Ela está em estado de choque (não é pra menos). É horrível saber que o nosso chefe é um estuprador. A cena que Aline viu foi traumática.

Ela não sabe o que fazer. Mas, é claro, tem que ir à delegacia denunciar. Acho que está com medo do que Allan pode fazer com ela. Ela tem receio dele.

Eu falei com ela que ele vai ser preso. Mas não pode passar de amanhã. Vou com ela à delegacia.

Cheguei aqui.

Aline estava sozinha – a prima não tinha chegado do trabalho. Ela chorou o dia inteiro. Não tinha me dito que estava sozinha.

Ela não contou para ninguém, só pra mim.

Estou chocada.

Ela diz que não tem prova, mas é claro que no banheiro deve ter câmera (nunca reparamos, estamos sem saber se tem).

Voltei pra casa. A prima de Aline está com ela.

Acho que nem consigo dormir. Como vou encarar o Allan amanhã? Que nojo. Nem vou conseguir olhar na cara dele. Está explicado o porquê de Bárbara não ter vindo trabalhar desde o que aconteceu.

Estou explodindo de dor de cabeça e quem vai precisar de um remédio pra dormir, hoje, sou eu.

29/10/2017

Gustavo chegou. Aline vai contar tudo para ele, para que ele a ajude a encontrar um meio de resolver isso.

Minha tia Bela é delegada, lhe contei o acontecido e ela me disse os passos que Aline precisa tomar. Ajudei da forma que pude.

...

Aline me contou que a primeira providência é dar queixa na polícia. E, quanto, às provas, "eles terão que procurar" – foi também o que a tia disse.

30/10/2017

Aline deu queixa hoje cedo. À tarde, a polícia foi ao banco e levou Allan. O banco todo parou.

05/11/2017

A polícia encontrou uma câmera no banheiro, estava atrás da porta.

Ela registrou parte do que aconteceu; estava desfocada. Allan deve ter dado um safanão nela, pois, sendo gerente, sabia de toda a segurança do banco.

Mas os policiais disseram que ele fez um serviço mal feito: aquela prova é o suficiente para ele ser condenado.

Bárbara continua em estado de choque, fazendo tratamento.

Aline está mais tranquila – Gustavo tem dado todo o suporte a ela.

Nossa! Parece que vivi, nesses últimos tempos, num filme de suspense e de terror. Coitadas das meninas. Aline sofrendo pelo que viu e Bárbara pelo que viveu.

Canalha, desviado, louco, o Allan.

Imagina o risco que corríamos de trabalhar no mesmo ambiente com um homem desses, que é completamente fora da realidade, doente, pervertido.

Estamos todos horrorizados no banco.

Um novo gerente chegará amanhã.

ESTHER
39 ANOS

07/12/2017

Em busca de estabilidade, abri mão da minha liberdade. Deixei de fazer, de comer, de encontrar pessoas de que eu gosto; deixei de ir aonde eu quis estar. Tudo pra controlar a paixão que o Bernardo sente por mim.

Sabia que tinha que estar o mais próximo possível dele.

Bê, quando me conheceu, estava casado, e me contou que vivia traindo a mulher.

Sempre foi mulherengo e, mesmo assim, fui me apaixonar por ele. Eu sinto que ele também é doido demais comigo.

Não me dá sossego no WhatsApp – falamos o dia todo.

Minha privacidade acabou; minha autonomia também.

Tudo agora é dele ou está com ele. Meu tempo livre é com ele; academia faço com ele; corro com ele; almoço com ele; saio à noite com ele.

Esse é o preço que eu tô pagando: a perda da minha liberdade.

Ana, minha prima, vive falando comigo que não sou mais o que eu era antes. Vivo tensa.

Tá bom não. Gosto demais dele. Estamos juntos há um ano e meio. Mas não consigo respirar.

Parece que vivo numa prisão e que só assim tenho controle dele. A merda é que, pra ter segurança, deixei de ser eu.

As meninas, minhas grandes amigas, me falam que eu não posso continuar assim, que eu deixei tudo aquilo de que eu gostava pra ficar o tempo todo amarrada em Bernardo.

Elas estão certas.

Perdi o controle da minha vida, controlando-o o tempo todo. Tudo isso porque não confio nele. Essa é a verdade.

Parece que eu conheço essa história. Sensação estranha...

Quê que eu faço?

12/12/2017

É duro admitir, mas quase todos os homens que tive são mulherengos. Não sei se isso é sina, se eu atraio homens assim ou se todo homem é assim mesmo.

Mais foda ainda é você saber que o cara traiu a mulher com que estava para ficar com você.

E aí?

Aí você passa a achar que ele pode fazer isso com você – e isso é uma merda.

O problema é que eu não faço outra coisa na vida a não ser vigiar e ficar com ele, pois a única forma que tenho certeza de que não está com outra é quando está comigo. E se está o tempo todo comigo, então...

Só que eu cansei.

Não sei mais quem eu sou. Estou perdida. Não consigo respirar, me sentir *free*.

Sabe de uma coisa?

Vou fazer terapia e me desligar dele. Vou viver minha vida e azar para o que acontecer. Se quiser ficar com outra, que fique.

Se eu descobrir... Não sei do que sou capaz.

...

Bê chegou cheio de amor. Me disse que nunca vai me largar; que pensa em mim o dia todo.

Fico calada.

Ele me pergunta o que há.

Me abro com ele.

Choramos juntos e ele me diz que não queria me fazer sofrer assim; que tem nojo da vida que tinha; que era mesmo um cara sacana, mas que hoje pensa que se eu fizesse isso com ele, não sabe o que seria dele.

Bê pensa nas várias mulheres que fez sofrer.

10/01/2018

Tô louca. Descobri que estou grávida, mesmo prevenindo, usando pílula.

Não pedi pra ficar grávida. Fiquei sem querer. Fui programada pra isso, parece.

Por que sou mulher?

20/04/2018

Vou fazer cinco meses. Minha vida está de cabeça para baixo. Ainda não consigo amar meu filho – é um menino. Estou me acostumando ainda com a ideia de que vou ser mãe.

Eu devia estar feliz, mas eu não estou.

Estou gostando de estar grávida, mas ainda não estou apaixonada por ele. São coisas diferentes. Não sei explicar. Preciso de tempo.

Me sinto culpada por isso.

Não posso falar pra ninguém isso tudo que eu não sinto pelo filho – que está dentro de mim e de quem eu vou ser a mãe. Eu vou ter que me responsabilizar por ele, educá-lo, criá-lo...

E o quê mais?

Pouca coisa, né?

Como é solitário estar grávida.

Não me sinto a mãe daquelas propagandas de xampu...

25/08/2018

Ele vai nascer no mês que vem. Sinto-o se mexendo. Mas não sei quem ele é, se vou gostar dele; se ele vai gostar de mim; se vou saber ser mãe.

Preciso de manual. Estou lendo muitos livros que falam da realidade da maternidade – não de um jeito romântico.

Muito do que leio, sinto. Li *Mal-estar na maternidade* e *Mãe sem manual*. Uma jornalista israelense fez um apanhado, uma pesquisa sobre mães que se arrependeram... Tem um lance sentido por muitas: dizem que amam seus filhos, mas que detestam ser mães – "a função é chata", elas dizem.

Falam que ser mãe é uma coisa idealizada; que tem um monte de coisas que não são legais.

Nem consigo mais falar do Bernardo. Ele está *out*; não consegue sentir o que eu estou sentindo; o menino não está no corpo dele. Estamos até hoje assustados.

Não sabemos ainda como vai ser. Mas, por enquanto, vou ficar na minha casa e ele na dele. O berço já está lá em casa. As roupas, já compramos.

Não decidimos o nome.

10/9/2018

Bartolomeu nasceu. Ele está aqui comigo. Tem o nome do meu avô – ele me dava força quando eu precisava; faleceu este ano.

Não tenho tempo pra nada. É difícil pra caramba.

Bartô não preenche tudo na vida. É chocante. Achei que ele pudesse preencher minimamente.

Sinto falta de respirar lá na rua. Sinto falta de trabalhar, de ler, de ver as minhas amigas – elas vêm aqui, mas não é a mesma coisa.

Eu e Bernardo estamos sem tempo pra nós. Não dá pra transar, porque estou sempre um caco.

Ele tem dormido aqui, me ajudado – claro, senão eu ia pirar.

Não posso tomar um chope, porque estou amamentando. Meu mamilo está todo detonado. Sinto mais dor que prazer. Não é nada sublime, como já ouvi muuuito dizer.

Mas Bartô é bonitinho.

Estou começando a sentir amor por ele.

Será que ele vai me amar?

Ele não é tudo na minha vida e eu não posso ser tudo na vida dele. Temos que existir por conta própria, um dia.

Hoje, parece que eu e ele somos apenas um. Aonde vou, ele tem que ir; aonde ele vai, eu tenho que estar.

Outro dia, li que na Europa não se pergunta: "por que vocês não tiveram filho?" a um casal, mas "por que tiveram filhos?".

A responsabilidade é absurda! Qualquer coisa que acontecer com ele: a culpa é minha?

Não posso garantir que não vai acontecer nada com ele. Não sou onipotente. Posso não dar conta.

Ele tem que ser feliz?

Onde e como acho essas respostas?

Ser feliz, hoje, parece que virou uma obrigação. Eu é que vou ter que fazê-lo feliz? Como?

Eu não sei como se faz alguém feliz. Nunca senti isso na minha vida. Como vou fazer isso acontecer na vida do meu filho?

Mulher nasceu pra ser mãe? Não só mãe.

Não dou conta de ser só isso. É muito pouco. Preciso viver!

LUANA
32 ANOS

30/11/2017

Competir com essa mulherada sem vergonha não tá mole não. Por isso – e porque fui trocada por uma dessas –, resolvi me tornar uma delas.

Acho que cheguei a te contar que Luciano estava de caso com a professora de natação da escolinha da Marcela. Depois disso, resolvi fazer o mesmo.

Hoje, no final do dia, aproveitando o feriado, vou pra Búzios com o Rafa – lembra? Aquele cara com quem estou saindo há uns meses.

Luciano ficou com a Marcela, minha filha. Disse ao Lu que precisava fazer essa viagem a trabalho.

Não consigo deixar o Rafa. Ele é muito gente boa – gostoso até mandar parar. Várias vezes fumamos um baseado juntos; curtimos muito fazer isso, tomando um rum.

...

Chegamos às 22h. O voo atrasou. Logo que cheguei ao aeroporto, vi a mensagem de Lu.

Marcela ficou gripadinha, está com febre alta, e Luciano queria saber que remédio dava. Fiquei um tempo no quarto falando com os dois.

Rafa desceu para conhecer o hotel.

Desci e logo bati o olho em Rafa no lobby do hotel, no *scotch bar*. Ele estava sentado no balcão, conversando com uma mulher mara de roupão e com um corpão – megassiliconada e de bumbum arrebitado. Eles estavam, com certeza, dando de cima um do outro.

Estou *expert* em saber quando está rolando.

Sabe o que eu fiz? Montei barraco não. Fiz o mesmo. Arrumei um cara supergato no restaurante do hotel.

Musculoso, sarado e queimadaço de praia, moreno, olhos da cor da Azedinha de Búzios. Pedi uma espumante – ele tomava uísque.

Logo depois de encontrar esse cara, pedi licença pra ir até o banheiro – lógico que eu não fui para o banheiro.

Fui lá ver o que Rafa estava fazendo; mas não o encontrei. Fiquei muito de cara. Será que ele estava com ela? Onde?

Subi para o quarto e nada. Não estava lá. Procurei por todo lado. Até que resolvi entrar no banheiro (eu estava fazendo xixi no biquíni, de nervoso). Quando entro... Quem estava lá? Só o ouvi xingando a mulher: "Porra, você não disse que tinha trancado a porra dessa porta!?".

Fechei a porta; não disse nada. Voltei pra encontrar o Bruno – que eu tinha acabado de conhecer.

Esses homens são muito babacas. Acham que só eles podem aprontar, ter mais de uma. Eu também posso. Ele devia saber disso, já que é meu amante. Sou mesmo da pá virada. Sou mulher de perder tempo não. Já sofri demais com meu marido me traindo. Hoje eu traio mesmo. Já te contei que ele sabe, né?!

Lu ligou de novo; Marcela está internada com pneumonia. Mas ele cuida bem dela – melhor que eu.

Volto daqui a pouco pra contar o resto do que aconteceu; estou aqui no quarto, com uma dor de cabeça gigante.

Peguei o note para escrever, mas não está dando. Preciso parar um pouco... Esperar melhorar.

1/12/2017

A passagem de volta é para amanhã. Ele veio me falar que está a fim de ficar com a que conheceu aqui. Ontem pediu desculpa assim: "Você sabe que quando rola com outra, não dá mais pra enrolar".

E respondi: "Claro; foi assim com nós dois".

Estou aqui com você, meu confidente, pensando no Luciano lá em casa com a Marcela doente.

Estou me xingando de tudo quanto é nome. Tenho ódio de mim. Queria pegar um voo neste momento e voltar para o meu ninho. Me sinto desamparada, jogada, maltratada – e fiz o mesmo com o Lu e com minha filha.

Mas, ao mesmo tempo, sei que a culpa é minha. "Quem mandou você fazer isso, sua idiota?". Agora aguenta. Sabe como estou me sentindo? Como uma puuuuutttaaa.

Seu marido em casa, cuidando da sua filha, e você aqui com um cara qualquer que conheceu pela internet, que está agora dando pra outra mais gostosa que você.

Estúpida! Marcela não merece ter você como mãe. Pra que você foi ter uma filha? Pra deixar ela doente e sem a mãe, porque a mãe dela é uma destrambelhada, burra, idiota, insensível, puta?

É isso que você é, Luana! Cabeça na lua. Devia me chamar Nalua, porque é onde vivo.

Minha mãe sempre me dizia que eu tinha a cabeça na lua. Pelo visto, continuo tendo, como quando era criança.

O que você vai fazer agora? Chorar a noite toda? Não.

Tenho uma mania que me alivia quando estou assim, desorientada.

Pego uma gilete e corto minha perna. Desde adolescente faço isso; minha perna é cheia de cicatrizes.

Quando faço isso, a dor que sinto parece que é maior do que a dor que me faz fazer isso. É o que vou fazer. Tenho uma gilete. Vou para o banheiro.

Trago sempre tudo para o curativo, estou acostumada.

Marcela, você não merecia ter essa merda de mãe que eu sou! Luciano, desculpa por eu ser esse monstro, medíocre, antipática e sacana que eu sou com você.

Por que a gente não pode ter uma vida normal?

Incompetente.

Sofro desde que ele me traiu e acabei fazendo o mesmo. A porra é que ele conseguiu parar e eu não. Ele tem que me deixar sozinha, lambendo o chão – é isso que eu mereço.

Estou aos prantos; chorando por todas as dores que uma mulher pode sentir. Preferia morrer.

Vou descer e beber. Não. Vou tomar meu remédio e apagar.

Não quero saber de mais nada. Quero ir embora e nunca mais ver o Rafa. Eu sou louca. Preciso me internar numa clínica pra loucos.

Vai apagar, sua delinquente.

Some! Vai dormir.

15/12/2017

Cheguei mal demais em casa. Lu veio me perguntar o que estava acontecendo. Eu estava com os olhos lá no fundo; uma olheira de dar medo.

O remédio não fez efeito; passei a noite vidrada, só pensando em coisa ruim. Por pouco, não tomei o vidro todo do meu remédio para dormir.

Meu corpo doía; minha alma mais ainda.

Tive que contar tudo o que aconteceu para Lu. Ele me disse para não ir. Ele estava certo. Devia ter ficado com ele e com Marcela.

Pedi perdão a ele e a Marcela.

Pedi pra ele me internar, porque eu estou doida mesmo.

Ele marcou um psiquiatra. Voltei agora de lá.

Dr. Hilário disse que eu não preciso me internar, mas que preciso de tratamento – com medicação e muita terapia.

Ele me deu licença do trabalho e pediu para Lu me ajudar com Marcela. Ele pediu também pra ela não ficar sozinha comigo. Estou chorando de tristeza.

Que horror! Então sou um perigo para minha filha?

"Não tenho coragem de fazer mal a ela", falei com ele. Mas Dr. Hilário insistiu pra Luciano não a deixar sozinha comigo.

Isso acabou comigo! Amo minha filhinha.

Lu me disse que vai cuidar de mim; que não vai me deixar.

Ele sabe que eu fui abandonada pelo meu pai, depois que minha mãe morreu.

Foi uma tia, irmã do meu pai, que cuidou de mim.

Eu tinha nove anos quando meu pai me deixou e oito, quando minha mãe se foi.

Sempre fui desprezada por Lu também. Ele me traiu.

Hoje, quem me despreza sou eu.

Vou fazer o tratamento por eles, porque eu – eu? Coitada de mim! Sou uma louca, idiota, insensível. Não tenho jeito não! Me sinto péssima!

SUZANA
29 ANOS

24/08/2017

Luz nasceu há dois dias. A curiosidade de vê-la – de sentir essa menininha que ficou dentro de mim por quarenta semanas – era do tamanho do universo.

Ela nasceu; foi colocada do jeito como veio, em cima do meu colo, sobre os meus seios. Abriu os olhinhos para ver o mundo aqui fora pela primeira vez e olhou ternamente para mim.

Com aquele olhar, sentia que ela queria me dizer: "Sou sua, cuida de mim"! E meu olhar dizia a ela: "Preciso de você, só de você, para continuar vivendo".

Só não sabia se, depois do que tinha acontecido, eu ia conseguir fazer isso que ela me pedia.

Seus dedinhos dos pés são a coisa mais linda e perfeita que já vi: enfileirados como milho na espiga. E eu me perguntava: "Eu que fiz?". Nós fizemos.

Sua cabeça era muito redondinha, sua boquinha... Parecia um coração rosa.

Minha filha! É essa a minha filha!

Teremos uma vida inteira pela frente, juntas. Ela abria e fechava os olhinhos numa paz que me contagiava e me dava todo o oxigênio que eu necessitava naquele momento para me restabelecer e revitalizar – depois das dores e da força que fiz para ganhá-la e tê-la aqui agora, nos meus braços.

O chorinho dela, logo que saiu de mim, me encheu de vida. Ela trouxe esperança e um amor sem medida, que caminhará comigo por toda a minha vida.

Temos certeza de poucas coisas na vida, mas disto eu posso dizer que tenho: enquanto eu existir, tenho absoluta certeza de que vou amá-la desmedidamente.

Darei a ela tudo de melhor que há em mim. Ela foi feita por mim, se fez em mim e eu já amo essa estrela de luz que veio iluminar minha vida, trazendo parte do que perdi.

Ele se foi quando ela estava com 37 semanas. Ela trouxe um pouco dele pra mim.

A saudade é enorme, mas ela conseguiu trazê-lo de volta de alguma forma...

É inexplicável... Mas ela fez a dor diminuir...

Me sinto mais próxima do pai de Luz.

Ela é parte dele. Ele voltou – com ela.

Não consigo entender. Luz trouxe a alegria que já não sentia mais desde que ele se foi...

O cabelo pretinho e liso é dele. O narizinho arrebitado também. Ele está aqui com a gente.

Ele dizia: "Vamos ter uma filha e ela será mais do que nós somos na vida, daremos a ela o que temos de melhor".

No caminho de casa, disse a ela:

Chegando em casa, Luz, você vai ver o quartinho que seu pai fez com tanto amor e carinho para você. Ele construiu com as próprias mãos todos os armários do seu quarto – Aílton era marceneiro. Vou lhe mostrar a foto dele e um dia vou lhe contar como foi que ele se foi.

Um tanto de emoções e afetos tomou conta de mim! Estou transbordando de emoção e amor! De onde vem tanto amor?

...

Vim aqui, falar com você.

Ela estava dormindo, acordou!

Você será muito importante para mim. Preciso de você. Me sinto sozinha demais.

02/09/2017

Não tenho tempo pra nada. Luz está dormindo.

Um enfermeiro – que ficou comovido quando contei pra ele que tinha perdido meu marido – me manda todos os dias um WhatsApp. Ele quer me ajudar.

Toda a equipe do hospital ficou sabendo. Tive que contar, porque perguntavam pelo pai e...

Marília – minha vizinha de porta – ficou comigo no hospital e vem aqui durante o dia. Ela é muito boa.

Às vezes choro, pensando que ele não está aqui pra ver como nossa filha é perfeitinha – é uma bonequinha.

Vou aproveitar que ela está dormindo e vou tomar banho.

Amanhã minha mãe vai chegar do interior. Meu pai vem só no final de semana. Coitada, ela vem de ônibus – ela não dirige e meu pai não pode vir com ela.

Mas é pertinho, moram em Araxá.

Vou ali!

...

Luz chorou e eu saí do banho cheia de xampu no cabelo – não deu tempo de tirar. Saí assim mesmo. Ela estava gritando.

Troquei-a pelada. Nossa! É uma loucura. Logo dei de mamar, ainda sem pôr roupa; só joguei uma camisa em cima de mim.

...

Estou me sentindo sozinha demais. Por isso, meus pais vêm. Estou chorosa. Só penso no tanto que Aílton ficaria orgulhoso e feliz em ver a filha.

Li uma revista outro dia aqui em casa, e lá havia um poema que se chama "Soneto da Saudade". Tirei uma foto dele com meu celular e sinto vontade de ler sem parar, quando ela está dormindo.

Ele diz:

> ... este amor em nós urgindo
> Suportará toda distância sem problemas...
> Quiçá teus lábios sentirão um beijo leve,
> Como uma pluma a flutuar por sobre a neve,

Como uma gota de orvalho indo ao chão.

Esse poema me tocou de uma forma... Imagino Aílton me dizendo todo o poema. Ele é maravilhoso!

...

Teresa – minha amiga – vai dar um pulo aqui daqui a pouco. Vou passar um café e assar um pão de queijo.

Não tenho tempo pra nada. É tudo muito corrido. Ela acorda, dou o peito, troco a fralda e ela dorme de novo. Lavo as roupinhas dela, passo, tomo banho em dois segundos, como... E ela acorda de novo...

Ela é muito boazinha, dorme muito. Quase não chora. Deus me deu uma filha especial.

E pôs Luiz – o enfermeiro – no meu caminho. Ele é um anjo que tira as dúvidas que estou tendo. Mãe de primeira viagem, né?

Ele disse que virá aqui qualquer hora nos visitar. Ficou meu amigo.

Vou correr aqui. Mas gosto de falar com você.

Teresa está chegando... Interfone!

05/09/2017

Luiz, o enfermeiro, veio aqui em casa hoje, na hora do almoço. Ele tem um jeito todo especial com Luz. Ele trabalha no berçário do hospital.

Não sei, mas acho que estamos sentido atração um pelo outro.

Logo que falou que vinha aqui, meu coração disparou. Enquanto ele estava aqui, me sentia bem. Ele me faz rir, me faz ver que a vida pode ser boa.

Ainda sinto falta e tristeza pela morte do pai de Luz. Mas sinto, depois de uns dias, uma ponta de esperança.

A gente só sabe o que é sentir esperança quando a gente se encontra completamente sem ela, antes de ela aparecer. Tristeza também: a gente sabe bem o que é no dia em que a gente descobre que aquilo a que às vezes a gente não dava sentido nenhum é a felicidade.

Me senti completamente imersa na solidão no dia em que cheguei do hospital só com ela. Coloquei-a no berço. Tudo parecia sem sentido, sem ele lá. Ele tinha feito tudo e não via a hora de ver Luz fora da minha barriga. Acompanhou cada ida ao médico, todos os ultrassons.

À medida que as pessoas – meus pais, Teresa, Marília e, agora, o Luiz – foram vindo, fui sentindo mais confiança de que não estamos sozinhas no mundo.

Temos as pessoas para nos ajudar.

Dor de perder junto com dor de ganhar é uma mistura que te deixa atordoada; mistura de afetos.

Queria que Aílton conhecesse Luz! Ele ia ficar encantado, olhando para ela de pé, no pé do berço.

Suspiro sempre que penso nele. Me dá um aperto que dói!

LILIANE
52 ANOS

27/10/2017

Tetê hoje terminou com o Thiago. Sabia que não duraria muito tempo.

Minha filha não aprende: vive se apaixonando e desapaixonando. Ela idealiza demais os caras e quando vê que eles não são príncipes, tudo vem abaixo. Ela acaba sempre destruída. Vivo isso duas vezes a cada vez que Tetê termina.

Vou te explicar o porquê.

Eu dizia pra ela as coisas que ele fazia; estavam debaixo do nariz dela, mas ela não queria ver. Falava o tempo todo das experiências que tive, de como sofri. Mas ela não me escutava. Fui e vivi exatamente tudo o que ela é e vive.

Essa paixão louca durou um ano e, como todas as outras que Tetê viveu, tinha prazo para acabar.

Coitada da minha filha. É muito duro, para mim, ver Teresa cega de amor. Sei que acaba em tragédia todas as vezes.

O problema é que, pra ela, o mundo só tem significado quando está apaixonada. Ela fica exaltada e me fala: "Mãe, é como se a parte que me faltava tivesse sido devolvida a mim. Me sinto mais viva do que nunca".

Eu entendo bem o que é isso, mas não sei o que dizer para poupá-la dessa dependência de se sentir amada.

Para manter esse estado de plenitude – que ela fala que sente –, Tetê deixa que os namorados exijam dela coisas impossíveis; e ela faz, achando que tem a obrigação de fazer esses namorados felizes, de dar significado à vida deles – como se ela fosse a chave da fechadura deles.

Eu fazia assim quando era nova.

Tudo corre maravilhosamente bem. O encanto toma corpo e chega ao topo. Até que um dia...

Ah! Um dia, ela descobre que isso não é um amor verdadeiro. Ela se desfaz. Do dia para a noite, torna-se infeliz, frustrada, revoltada com eles e com ela mesma.

Canso de falar, mas ela não me escuta. Parece que gosta de se enganar.

Sofro junto com ela! Nos acabamos juntas por um tempo, por semanas... Me lembro das vezes em que aconteceu a mesma coisa comigo, quando eu era mais nova.

Um dia ela aprende! Eu também demorei pra enxergar isso que ela não vê de jeito nenhum.

Não sei mais o que posso fazer.

Desespero é o que sinto por não poder ajudar minha filha.

Nem eu sei o que eu fiz pra sair dessa.

Eu sempre permiti que um homem fizesse tudo o que quisesse de mim. Fui condescendente até demais.

Como ela, demorei pra aprender.

Ela não sabe, mas eu já até apanhei de namorado. Fui deixando... Achava que ia parar; que tinha sido só uma vez e que não ia se repetir. Mas durou... Não sabia como fazer pra acabar. Se terminasse com ele, aí sim, ele acabaria comigo no mesmo momento.

Sabe o que eu fiz?

Fiz com que ele deixasse de gostar de mim. Decepcionei esse cara de propósito. Só assim ia largar de mim. Eu não podia largar, ele era agressivo.

Será que é só com o tempo que a gente enxerga essas coisas?

É só sofrendo?

Não tem outro jeito que eu possa fazer para que Teresa não viva o mesmo que eu?

Não queria que ela passasse pelo inferno que eu passei.

Por que eu tinha que ter uma filha que vive a mesma parte ruim da minha vida? Ela não podia viver o lado bom que eu tenho?

Que coisa estranha, essa vida! Um monte de coisa se repete.

20/11/2017

Não tem um mês que Tetê terminou. Ela já está sofrendo menos.

Veio hoje me falando que não vai mais sofrer por homem. Não sei o que essa menina está tramando.

Bom, deixa ela...

Vou te contar hoje o que o porteiro lá do prédio em que eu trabalho me contou. Uma menina, a Nicole, adolescente que mora lá com a mãe, está no hospital, muito mal. Ela e a mãe são um amor de pessoas. Não sabemos o que ela tem. Que Deus lhe abençoe! Sempre me tratam muito bem: dão bom dia, boa tarde e boa noite para nós todos, funcionários do prédio. Elas me enxergam.

Dona Tânia despreza todo e qualquer empregado. Fala que a gente nasceu pra ralar e ser pobre. Trata a gente pior que tudo.

Senhor Carlos trata só o porteiro bem. Mas eu, nem olha na minha cara.

Ele não vê que, se não fosse eu, o prédio ia viver imundo.

Limpo todos os andares todos os dias. Deixo a recepção um brinco e cheirosa.

Não estou falando que sou só eu, Liliane, que pode fazer isso bem feito. Qualquer faxineira ou faxineiro faria.

O papel da pessoa que limpa, no caso, eu, é que não é valorizado.

Sofro quatro tipos de preconceito, eu acho: sou mulher, negra, faxineira e pobre.

Quando vem um querendo me ofender, fazendo insulto mesmo – porque ofensa às vezes é pouco, pra falar o que alguns fazem com a gente –, eu devolvo com uma flor, com um elogio. Aprendi a fazer isso vendo um exemplo desses na televisão, na novela.

Outro dia ouvi, num programa desses que passam de manhã, que nós mulheres somos criadas acreditando que os homens são mais do que a gente; que eles podem mais; que são grossos; que a gente tem que cuidar deles, como se fosse mãe deles...

A gente cresce ouvindo os outros encherem nossa cabeça disso tudo aí... Mas é tudo crença que vem da nossa cultura.

Não tem nada disso não.

Eu mesma abaixei muitas vezes a cabeça pra homem, achando que fosse todo poderoso – um Deus mesmo. Já deixei homem pintar e bordar comigo. Achava que todos eram assim mesmo. Uns já até me bateram – e eu não fiz nada. Devia ter denunciado, como a gente vê aí o tempo todo na televisão. Hoje, as mulheres estão denunciando mesmo.

Já escutei coisas horríveis porque sou negra: "seu lugar é no zoológico"; "lugar de preto não é aqui"... Sei lá. Me lembro de poucas hoje em dia.

Ser negro faz a gente pensar muitas coisas sobre a vida de quem é branco. Outro dia, Tetê estava no ônibus e uma mulher branca (claro!) olhou para ela com um olhar de desprezo na hora em que as duas queriam se assentar na cadeira que vagou.

Tetê estava na frente e tinha prioridade. Ela sempre vem me falar essas coisas. E não deixa barato não! Olhou para a moça de cabeça e erguida e disse com licença ao moço que já estava sentado ao lado da cadeira vazia.

Ela chegou aqui em casa furiosa e disse:

"Mãe, você já viu algum branco ser privado de entrar em algum ambiente? Você já viu algum branco desconfiar da intelectualidade dele porque ele é branco? Você já viu alguém desconfiar do caráter de uma pessoa branca? Já viu algum branco temer que seu filho seja perseguido e espancado por um grupo racista? Algum branco teme que o filho seja perseguido no shopping?".

Tetê tem uma consciência das coisas... Tenho muito orgulho dela.

Ela é muito digna; respeita a todos, independente de tudo – raça, religião, cultura, sexo...

A única coisa que ela ainda precisa entender é que não deve deixar que homem nenhum acabe com ela, de forma nenhuma: nem agredindo verbalmente, nem fisicamente. Ela já apanhou de namorado também – como eu.

Levei muito tempo para entender minha dignidade – e o respeito e a consideração que todos têm que ter comigo, porque sou humana, como todos.

Já fiquei muito tempo calada e aceitando tudo. Agora chega! Peço a Deus que Ele olhe para Teresa, iluminando seu caminho e sua cabeça.

KIN
37 ANOS

23/11/2017

Tati – uma grande amiga de faculdade, que não via há muito tempo – veio pra Sampa a trabalho.

Ela é daqui de SP, mas está trabalhando em Floripa. Foi transferida pra lá assim que passou no concurso pra promotora.

Tati sempre foi controladora com os namorados e, hoje, com Paulo César, pega no pé dele de uma forma enlouquecida, muito exagerada.

Ontem saímos pra tomarmos um *drink*, pra colocarmos mesmo a conversa em dia.

Ela me contou que semana passada foi passar uns dias com os meninos (ela tem dois) na casa da mãe, que hoje mora no Rio. Tati me disse que não teve sossego...

Todos os dias, à noite, depois de ligar mais de seis vezes para o marido – que ficou em casa porque não podia tirar férias –, lhe pedia pra ver a casa toda, achando que ele podia estar com alguém lá.

Não acreditei nisso!

Disse pra ela que um dia Paulinho se cansa e aí é que vai arrumar outra mesmo.

Acho que o problema da Tati tem a ver com o fato de ela ter sido abandonada pela mãe quando tinha cinco meses. Sua mãe sumiu, arrumou as malas e foi para Barbacena. Falam que ela teve uma depressão pós-parto fortíssima e não deu conta da maternidade.

Tati ficou com a avó paterna e com o pai até os 12 anos de idade, quando a mãe voltou. Ela me fala, muito triste, que até hoje não engoliu a história que a mãe conta.

Seu pai lhe diz que até hoje não sabe bem o que aconteceu com a esposa. Mas quando a mãe de Tati voltou, ele não quis mais ficar com ela.

Tati sempre teve medo de ser deixada pelas pessoas, principalmente pelos namorados. Ela arruma um apego, um ciúme, que ninguém aguenta. Até de mim ela já teve ciúme.

Uma vez que eu e Camila (outra colega de faculdade) viajamos, Tati achou um absurdo não a termos chamado pra ir.

Camila, na época, estava solteira e eu, separada. Resolvemos, as duas – sozinhas, sem companheiros –, viajar. Fomos pra Bali. Foi uma viagem linda. Mas foi como se Tati tivesse ido com a gente: ela estava presente o tempo todo no celular, querendo participar de tudo o que acontecia.

Então, ela veio me contar, no dia em que saímos, que Paulinho disse que, se ela não procurar ajuda, ele vai explodir. Ela liga pra ele para saber com quem está almoçando; o que está fazendo no meio do dia; se tomou café; a que horas chega; se vai mesmo buscar os meninos... Tudo para controlar o coitado do marido. Isso já vem de longa data. Não sei como que ele aguentou até hoje.

Enquanto estávamos juntas, ela não parava de olhar para o celular, esperando que ele tivesse ligado pra ela.

Não tem cabimento, Tati está doente.

Ela me fala que, no meio das audiências, fica tentada a pegar o celular para mandar mensagem pra Paulinho.

Essa fantasia dela, de que ele pode estar com outra, está fazendo mal aos dois. Não sei como uma promotora pode ser tão insegura assim em sua vida pessoal.

Tive dó dela!

Vamos ver o que ela vai fazer... O casamento dela está correndo risco mesmo. Paulinho lhe deu um ultimato.

Lembro agora da fala da minha mãe: "homem não aguenta mulher que pega no pé; acaba arrumando outra pra aliviar".

Depois conto no que deu!

15/12/2017

Lembra da Tati? Separou-se, o marido não deu conta.

Mas Tati está realmente louca, está fazendo tratamento psiquiátrico. Ela começou a seguir Paulinho por todos os lados até entrar num restaurante, vê-lo com sua irmã e dar um escândalo, achando que fosse outra mulher:

Silvana, irmã dele, estava de costas. Ela mora na Austrália e há muito tempo não se viam. Ao ver Silvana de costas, Tati chegou e puxou seu cabelo comprido e a derrubou no chão, aos berros.

Ela foi internada; teve um surto paranoico. Achei mesmo que Tati não estava normal. Ela estava estranha.

Mas não pensei que chegaria a esse ponto. Coitada! Vou visitá-la.

A dependência que Tati tinha com Paulinho não era amor: se confundia com amor, mas não era. Ela se relacionava com ele por necessidade, não pelo prazer de sua companhia. Ela necessitava só de sua proteção, por medo de ser de novo abandonada – como fez a mãe. Ela não podia perdê-lo por nada.

Agora vou falar de mim, há um tempo não falo nada sobre mim. Sabe por quê? Estou muito triste – acho que deprimida.

Desde que terminei com Tales, há quatro meses, me sinto muito sozinha. Saio com as meninas, com os meninos, mas saio por sair. O pessoal insiste e eu vou, às vezes.

Nem tenho ido tanto...

Cuido de Marina. Ela me faz sorrir. Mas não me sinto feliz. Acordo, dou mamadeira para ela, tento brincar com ela. Vou arrastada para o banho. Saio para trabalhar.

Ainda bem que tenho a Ju para me ajudar. Ela é carinhosa com Marina, cuida bem dela, até melhor do que eu. Me sinto um fracasso como mãe.

Samuel acorda, toma café, me dá um beijo e sai para trabalhar. A gente quase não conversa. Não sei no que ele pensa mais; nem ele sabe de mim. Raramente fazemos sexo. Quando fazemos, ele vira de lado, de costas para mim, e vai dormir.

Tenho um marido, uma filha, um trabalho que já me realizou, mas que, hoje, tanto faz... Tenho uma situação financeira estável, pai, mãe, irmãos...

Mas... Tá ruim... Não sei o que está acontecendo...

Me sinto infeliz.

Nada tem feito sentido pra mim.

Estou precisando de ajuda. Sinto fadiga por todo o meu corpo. Vou trabalhar sem vontade; brinco com minha filha sem vontade; não tenho vontade de conversar com Samuel.

Sinto um nó na minha garganta.

Tales era importante para mim, me ouvia, era carinhoso, atencioso e extremamente simpático. Abri mão dele pelo meu casamento e por Marina.

Tales era um colega de trabalho; tivemos um caso por oito meses. Ele me fazia feliz. Saiu da empresa por minha causa, assim que decidimos não nos vermos mais. Combinamos que não poderíamos mais falar um com o outro. Senão, não íamos conseguir nos separar.

Contei para Samuel e resolvemos seguir em frente. Nunca consegui falar disso com você. Aliás, não dava conta.

A saudade que estou dizendo sentir de Tales, na verdade, acho que é da sensação de viver um pouco fora da realidade dura, cansativa e esgotante que tenho vivido. A mulher de hoje em dia tem que dar conta de mais coisa do que é suportável a um ser humano. Não sei aonde vamos chegar!

Me sinto extremamente exausta, isso parece se transformar em tristeza!

Não sei o que fazer! Estou perdida...

Este livro foi composto em IM FELL Great Primer SC, Special Elite e Courier New sobre Cartão Supremo 250g/m², para capa; e Barkerville e Special Elite sobre Pólen Soft 80g/m², para o miolo. Foi impresso em Belo Horizonte no mês de outubro de 2020 para o selo Crivo Editorial.